प्रियदर्शन

जन्म : 24 जून, 1968, रांची।

प्रकाशित किताबें : उसके हिस्से का जादू (कहानी-संग्रह), इतिहास गढ़ता समय (आलेख-संग्रह), नष्ट कुछ भी नहीं होता (कविता-संग्रह), ख़बर बेख़बर (पत्रकारिता पर केंद्रित किताब), ग्लोबल समय में कविता (आलोचना), ग्लोबल समय में गद्य (आलोचना), ग्लोबल समय में सिनेमा (सिने-केंद्रित पुस्तक)

अनुवाद : आधी रात की संतानें (उपन्यास, मिडनाइट्स चिल्ड्रेन, सलमान रुश्दी), क़त्लगाह (उपन्यास, टॉर्चर्ड एंड डैम्ड, रॉबर्ट पेन), बहुजन हिताय (द ग्रेटर कॉमन गुड, अरुंधति रॉय), पर्यावरणवादी पीटर स्कॉट की जीवनी , पर्यावरण प्रहरी (लेखों का संग्रह, द ग्रीन टीचर), कुछ ग़मे दौरां (लेख-संग्रह, के. बिक्रम सिंह)

संपादन : कहानियाँ रिश्तों की : 'बड़े बुजुर्ग', पत्रकारिता में अनुवाद

पुरस्कार : कहानी-संग्रह 'उसके हिस्से का जादू' के लिए 'स्पंदन पुरस्कार' 2009

बारिश, धुआँ और दोस्त

प्रियदर्शन

राधाकृष्ण पेपरबैक्स

पहला पुस्तकालय संस्करण
राधाकृष्ण प्रकाशन प्राइवेट लिमिटेड द्वारा
2015 में प्रकाशित

राधाकृष्ण पेपरबैक्स में
पहला संस्करण : 2016

राधाकृष्ण पेपरबैक्स : उत्कृष्ट साहित्य के जनसुलभ संस्करण

राधाकृष्ण प्रकाशन प्राइवेट लिमिटेड
7/31, अंसारी मार्ग, दरियागंज
नई दिल्ली-110 002
द्वारा प्रकाशित

शाखाएँ : अशोक राजपथ, साइंस कॉलेज के सामने, पटना-800 006
पहली मंजिल, दरबारी बिल्डिंग, महात्मा गांधी मार्ग, इलाहाबाद-211 001
36 ए, शेक्सपियर सरणी, कोलकाता-700 017

वेबसाइट : www.radhakrishnaprakashan.com
ई-मेल : info@radhakrishnaprakashan.com

बी.के. ऑफसेट
नवीन शाहदरा, दिल्ली-110 032
द्वारा मुद्रित

मूल्य : ₹ 99

BARISH, DHUAAN AUR DOST
Stories by Priyadarshan

ISBN : 978-81-8361-801-4

भूमिका

क़रीब 5 साल बाद कहानियों का यह दूसरा संग्रह पाठकों को सौंपते हुए कुछ संतोष का अनुभव भी हो रहा है, कुछ संकोच का भी। सामाजिक-ऐतिहासिक बदलावों के हिसाब से पाँच साल कुछ भी नहीं होते, लेकिन इन पाँच सालों में यह बात लगातार स्पष्ट होती गई है कि आर्थिक मंदी के बावजूद दुनिया में बाज़ारवादी पूँजीतंत्र का कब्ज़ा कुछ और अभेद्य हुआ है। यह भी कि भूमंडलीकरण दरअसल इस दुनिया को दो हिस्सों में बाँट रहा है—एक तरफ़ वे लोग हैं जो इस दुनिया का इस्तेमाल और उपभोग कर रहे हैं, दूसरी तरफ़ वे लोग हैं जिनका इस्तेमाल हो रहा है। अपने देश के संदर्भ में भी यह बात कुछ ज़्यादा कसक के साथ महसूस होती है कि एक साम्राज्यवादी भारत—जो वैश्विक महाशक्ति बनने को आतुर है—एक औपनिवेशिक भारत के शोषण पर अपने दुर्ग खड़े कर रहा है।

इस संग्रह की कहानियों में इस पूरी प्रक्रिया के कई निशान पढ़े जा सकते हैं—निस्संदेह, ऐतिहासिक या समाजशास्त्रीय आलेखों की तरह नहीं, निपट कहानियों की तरह ही, जिनमें इंसान की अपनी कशमकश बोलती है। कमज़ोर लोगों के कुछ और कातर होने की, संवेदनशील लोगों के कुछ ज़्यादा वेध्य होने की, स्त्रियों और उपेक्षित तबकों के मार्मिक ढंग से अलग पड़ते जाने की, और इन सबके बीच अपने हिस्से की मनुष्यता और अपने हिस्से का उल्लास रचने के प्रयत्नों की ये कहानियाँ उन्हीं लम्हों में लिखी गईं, जब लगा कि इस वक़्त इनके अलावा कुछ और लिखना संभव नहीं है।

इस संग्रह में कुल दस कहानियाँ हैं। दो कहानियों को छोड़ ये सभी पिछले पाँच-छह वर्षों के बीच लिखी गई हैं। जाहिर है, इन पर अपने समय की छाप है। मुझे यकीन है कि यह समकालीनता इन कहानियों का आस्वाद बढ़ाएगी। अंतिम फ़ैसला पाठकों का है, क्योंकि एक हद के बाद कहानियाँ भी पाठकों की ही हो जाती हैं।

—प्रियदर्शन

अनुक्रम

बारिश, धुआँ और दोस्त

बारिश, धुआँ और दोस्त

वह काँप रही है। बारिश की बूँदें उसके छोटे-से ललाट पर चमक रही हैं।

'सोचा नहीं था कि बारिश इतनी तेज़ होगी और हवाएँ इतनी ठंडी?'

उसकी आवाज़ में बारिश का गीलापन और हवाओं की सिहरन दोनों बोल रहे हैं।

मैं ख़ामोश उसे देख रहा हूँ।

वह अपनी काँपती उँगलियाँ जींस की जेब में डाल रही है। उसने टटोलकर सिगरेट की एक मुड़ी-सी पैकेट निकाली है।

सिगरेट भी उसकी उँगलियों में कुछ गीली सिहरती लग रही है।

उसके पतले होंठों के बीच फँसी सिगरेट कसमसाती, इसके पहले लाइटर जल उठा।

फिर धुआँ है जो उसके कोमल गीले चेहरे के आसपास फैल गया है।

'आपको मेरा सिगरेट पीना अच्छा नहीं लगता है न।'

उसकी कोमल आवाज़ ने मुझे सहलाया।

यह जाना-पहचाना सवाल है।

जब भी वह सिगरेट निकालती है, यह सवाल ज़रूर पूछती है।

जानते हुए कि मैं इसका जवाब नहीं दूँगा।

लेकिन क्यों पूछती है?

'मत दो जवाब।' इस बार कुछ अकड़ के साथ उसने धुआँ उड़ाया।

मैं फिर मुस्कराया।

'आपकी प्रॉब्लम यही है। बोलोगे तो बोलते रहोगे, चुप रहोगे तो बस चुप हो जाओगे।'

मैंने अपनी प्रॉब्लम बनाए रखी। चुप रहा तो चुप रहा।

वह झटके से उठी, लगभग मेरे मुँह पर धुआँ फेंकती, कुछ इठलाती-सी चली गई।

सिगरेट की तीखी गंध और उसके परफ्यूम के भीनेपन ने कुछ वही असर पैदा किया जो उसके पतले होंठों पर दबी पतली-सी सिगरेट किया करती है।

यह मेरे भीतर एक उलझती हुई गाँठ है जो एक कोमल चेहरे और एक तल्ख़ सिगरेट के बीच तालमेल बनाने की कोशिश में कुछ और उलझ जा रही है।

...

हमारे बीच 18 साल का फ़ासला है। मैं 42 का हूँ, वह 24 की।

बाक़ी फ़ासले और बड़े हैं।

फिर भी हम क़रीब हैं। क्योंकि इन फ़ासलों का अहसास है।

कौन-सी चीज़ हमें जोड़ती है?

क्या वे किताबें और फ़िल्में जो हम दोनों को पसंद हैं?

या वे लोग और सहकर्मी जो हम दोनों को नापसंद हैं?

या इस बात से एक तरह की बेपरवाही कि हमें क्या पसंद है और क्या नापसंद है?

आख़िर मेरी नापसंद के बावजूद वह सिगरेट पीती है।

फिर पूछती भी है, मुझे अच्छा लगता है या नहीं।

मैं कौन होता हूँ टोकने वाला।

टोककर देखूँ?

अगली बार देखता हूँ।

...

इतना पसीना कभी उसके चेहरे पर नहीं दिखा।

वह थकी हुई है, लेकिन खुश है।

शूट से लौटी है।

'पता है, राहुल गांधी से बात की मैंने?'

'अच्छा? आज तो जम जाएगी रिपोर्ट।'

'रिपोर्ट नहीं, कमबख़्त कैमरामैन पीछे रह गया था।
मैं घेरा तोड़कर पहुँच गई थी उसके पास।'

'क्या कहा राहुल ने?'

'कहा कि तुम तो जर्नलिस्ट लगती ही नहीं हो।'

'वाह, क्या कंप्लीमेंट है! और क्या खुशी है।'

मैं हँस रहा हूँ।

उसे फ़र्क़ नहीं पड़ता।

फिर उसके हाथ जींस की जेब टटोल रहे हैं।

फिर एक सिगरेट उसके हाथ में है।

और जलने से पहले धुआँ मेरा चेहरा हो गया है।

उसे अहसास है।

वह फिर पूछेगी—उसने पूछ लिया।

'आपको अच्छा नहीं लगता ना?'

'क्या?' मैं जान-बूझकर समझने से बचने की कोशिश में हूँ।

'मेरा सिगरेट पीना।' वह बचने की कोशिश में नहीं है।

'मैं बोलूँ, फेंक दो तो फेंक दोगी?' मेरे सवाल में चुनौती है।

'हाँ।' उसके जवाब में संजीदगी है।

'फेंक दो।' मेरी आवाज़ में धृष्टता है।

उसने सिगरेट फेंक दी है।

मैं अपनी ही निगाह में कुछ छोटा हो गया हूँ।

अक्सर ऐसे मौक़ों पर वह हँसती है।

लेकिन वह हँस नहीं रही।

उसके चेहरे पर वह कोमलता है जो अक्सर मैं खोजने की कोशिश करता हूँ।

उसे बताते-बताते रह जाता हूँ कि जब उसके हाथ में सिगरेट होती है, यही कोमलता सबसे पहले जल जाती है।

लेकिन यह कोमलता अभी मुझे खुश नहीं कर रही।

अपना छोटापन मुझे खल रहा है।

'दूसरी सुलगा लो।'

'वाह, मेरे ढाई रुपये बरबाद कराकर बोल रहे हैं, दूसरी सुलगा लो। फिर मना क्यों किया था?'

'तुम मान क्यों गईं?'

वह हँसने लगी। जवाब स्थगित है।

मैं चाहता हूँ, वह कोई उलाहना दे।

कहे कि मैं पुराने ढंग से सोचता हूँ।
लेकिन वह चुप है।
हम दोनों चुप्पी का खेल खूब समझते हैं।
चुप्पी जैसे हम दोनों की तीसरी दोस्त है।
उसकी उम्र क्या है, नहीं मालूम।
कभी वह 42 की हो जाती है, कभी 24 की।
लेकिन वह फ़ासला बनाती नहीं मिटाती है।
हमारे बीच चुप्पी नहीं होती तो क्या होता?
शब्द होते।
वे दूरी बढ़ाते या घटाते?
वह जा चुकी है। उसके पास ऐसे सवालों से जूझने की फुरसत नहीं।
...
वह एक अच्छे वाक्य की तलाश में है।
इतनी संजीदा जैसे बरसों से तप में डूबी हो।
उसे एक कहानी हाथ लगी है।
'कहानी क्या होती है?'
एक बार उसने पूछा था।
'वह चीज़, जिसके आईने में हम ज़िंदगी को नए सिरे से पहचानते हैं।'
सवाल ख़त्म नहीं हुआ था।
'कहानी कहाँ से मिलती है?'
'ज़िंदगी को क़रीब से देखने से, रुककर, ठहरकर।'
लगता है, वह ज़िंदगी को बेहद क़रीब से देखकर आई है।
उसके चेहरे पर जर्द-जर्द सच्चाई है।
उसकी काँपती उँगलियाँ स्क्रीन पर एक शब्द लिखती और मिटाती हैं।
मैं पीछे खड़ा हूँ।
'कहाँ से शुरू करूँ?' सवाल में कुछ बेचारगी है, कुछ मायूसी।
'क्या हुआ?'

'माँ-बेटे का मामला है। बेटा दो साल से पिता के पास रहा। अब ग्यारह बरस का है। माँ अदालतों के चक्कर काटती रही। अब सुप्रीम कोर्ट ने बेटे को माँ के पास जाने का आदेश दिया है।'

'सही फ़ैसला है।'

‘पता नहीं।’ उसकी आवाज़ में मायूसी है।

‘क्यों? महिलाओं के हक की तो बात सबसे ज़्यादा उठाती हो तुम?’

यह ताना सुनने की फुरसत उसे नहीं है।

वह कहानी खोज रही थी।

जो कहानी मिली है, उसने बताया है, जीवन सरलीकृत रिश्तों से नहीं बनता।

‘यह इतना आसान नहीं है। माँ जब बेटे को अदालत से ले जा रही थी, लग रहा था, ज़बरदस्ती ले जा रही है। बच्चे को जैसे एक अनजानी औरत खींचकर ले जा रही हो।’

‘माँ को विलेन बनाओगी?’

‘नहीं, माँ भी अपनी जगह ठीक है, उसे अपना बच्चा चाहिए। वह उस बच्चे से प्यार करती है।’

‘फिर ग़लत कौन है?’

‘आपने कहा था ना एक दिन, ग़लत यह समय है, जिसमें हम और तुम जी रहे हैं?’

‘तुम यहीं से शुरू करो। कैसे वक़्त ने माँ और बेटे को अजनबी बना डाला है।’

‘ठीक है।’ वह अनमनी है।

जब कहानी मिली तो ऐसी मिली, जिससे आँख मिलाने से वह बच रही है।

उसकी आँखों में अटके हुए हैं दो बड़े-बड़े आँसू।

उसे कोई न देखे।

मैं दूर चला जाता हूँ।

...

बाहर धारासार बारिश हो रही है।

आसमान में जैसे काले हाथी दौड़ रहे हैं।

एक छोर से दूसरे छोर तक कड़कती बिजलियों के पीछे।

धरती से आकाश तक मोटी-मोटी बूँदों की एक तूफानी झालर टँगी हुई है।

यह झालर कभी-कभी हमारे चेहरों तक चली आती है

हमारी उँगलियाँ कभी-कभी उस झालर को छू लेती हैं।

हमारी निगाह आसमान पर है।

खिड़की से दिखते छोटे-से आसमान पर।

'जानती हो, जब अचानक इस तरह मौसम ख़राब होता है तो मुझे लगता है, किसी के घर कोई बड़ा दुख घटा है।'

'अरे आप तो बड़े 'रैशनलिस्ट' हैं? ऐसी बातों पर कब से भरोसा करने लगे।'

'भरोसा नहीं करता। बस सोचता हूँ। शायद मेरी कई तकलीफ़ों की याद जुड़ी है ऐसी घनघोर बारिश से।'

'पता है, जब शाम को धूल का अंधड़ होता है तो मुझे क्या लगता है?'

'अरे, तुम भी इस तरह प्रतीकों में सोचती हो?'

मेरे सवाल का जवाब देना उसकी आदत नहीं है। बस वह अपनी बात कह देती है।

'ऐसे मौसम में लगता है, जैसे किसी ने किसी को धोखा दिया हो।'

'अच्छा? क्यों लगता है ऐसा?'

'इतना ही नहीं, पता है अचानक मुझे लगता है, मैं बहुत कमीनी हूँ। किसी को धोखा दे सकती हूँ।'

मैं उसका चेहरा देख रहा हूँ।

एक मासूम गोल चेहरा।

हँसती हुई आँखें भी मासूम।

न जाने एक हूक सी मेरे भीतर उठती है।

क्या ये काले-काले हाथी, ये बूँदों की झालर, ये सिहरती हवा
फिर मेरे लिए अपनी पोटली में कोई दुख छुपाकर लाए हैं?
लेकिन कैसा दुख? किस बात का?
ये लड़की मुझसे छल करेगी? कैसा छल?
मेरा तो इससे कोई वास्ता भी नहीं।

...

वह जोर से हँस रही है—लगभग बेकाबू।

अपने-आप से बेपरवाह ऐसी हँसी अच्छी भी लगती है, हैरान भी करती है।

'एक जोक सुनाऊँ?'

'जोक? सुनाओ?'

'एक मंदिर था, वहाँ जाने वाले की नीयत अगर ख़राब हो तो वह ग़ायब हो जाता था। शाहरुख ख़ान गया, ग़ायब हो गया, सलमान खान गया, ग़ायब हो गया। इसके बाद बिपाशा बसु गई। इस बार पता है, क्या हुआ? भगवान ग़ायब हो गए।'

इस बार साझा हँसी है।

'ऐसे वाहियात चुटकुले कहाँ से लेकर आती हो?'

'रोहित सुनाता है, उसने और भी वाहियात चुटकुले सुनाए हैं। आपको नहीं सुना सकती।'

मेरी हँसी में एक ग्रहण-सा लग गया है। एक काली छाया। रोहित से इतनी घनिष्ठता का मतलब क्या है?

लेकिन मैं कौन होता हूँ टोकने वाला।

मैं अपनी मेज़ का सामान सहेजने लगता हूँ।

उसकी भी हँसी रुक गई है।

वह चुप है।

मुझे देख रही है।

यह वह चुप्पी नहीं है जो हमारी तीसरी सहेली है।

यह दुविधा से भरी चुप्पी है।

उसे अहसास है, चुटकुले की हँसी भाप बनकर उड़ गई है।

हमारे और उसके बीच रोहित के ज़िक्र की राख बैठी हुई है।

वह इस राख में और राख मिलाने जा रही है।

फिर से उसके हाथ में सिगरेट है। दूसरा हाथ लाइटर टटोल रहा है।

इस बार उसने नहीं पूछा है, मुझे उसका सिगरेट पीना अच्छा लगता है या नहीं।

...

क्यों पूछूँ मैं।

मन ख़राब हो गया।

इतने सीनियर हैं, इतनी किताबें पढ़ी हैं।

इतना कुछ जानते हैं,

इतनी छोटी-सी बात नहीं समझते?

लेकिन ऐसा क्यों है?

किस बात से नाराज़ हुए वो?
क्या चुटकुला शरीफ लोगों का नहीं था?
या उन्हें ये पसंद नहीं आया कि रोहित ने मुझे ये चुटकुला सुनाया।
क्यों नहीं सुना सकता?
मैं 24 साल की हूँ।
जानती हूँ कि मुझे क्या सुनना और नहीं सुनना चाहिए?
ये भी तय कर सकती हूँ कि कौन मुझसे किस तरह की बात करे।
और रोहित पहले भी तो इस तरह की बात करता रहा है।
रोहित का ख़याल बरबस मुस्कराहट ला देता है।
है मज़ेदार। एक से एक क़िस्से सुना सकता है।
ऐसे क़िस्से तो मैं सर को भी नहीं सुना सकती।
जब वो सुनेंगे तो मुझसे तो बात करना ही छोड़ देंगे।
छोड़ो जाने दो।
रोहित का ख़याल दिल खुश कर देता है।
मेरे भीतर ग़ुस्सा भाप बनकर उड़ने लगता है।
वैसे सर ने भी ऐसा कुछ कहा तो नहीं है।
बस कुछ उदास हो गए होंगे
कि रोहित भी मेरा घनिष्ठ है।
इतनी जलन तो सबमें होती है।
जाने दो।
वैसे सर भी अच्छे हैं।
सीनियर हैं, लेकिन दोस्त की तरह पेश आते हैं।
कल वादा किया है क़ॉफी पिलाएँगे।
कॉफी का नहीं, उनके लगातार बोलते रहने का सुख है।
उनको सुनना अच्छा लगता है।
कल फिर उनके सामने सिगरेट सुलगाऊँगी।
लेकिन पूछ लूँगी
इतने–भर से खुश हो जाएँगे।
कितनी चालाक हूँ मैं?

...

रात है, बाहर चमकती हुई रोशनियाँ हैं, कार के भीतर जगजीत सिंह की ग़ज़ल है।

'शीशे चढ़ा दो तो कार एक कमरे जैसी हो जाती है। मस्ती में गप करो, गाना सुनो।'

'ये गाना नहीं ग़ज़ल है।'

'जो गाया जाए, वो गाना है। ग़ज़ल क्या होती है?'

'तुम्हारी समझ में नहीं आएगा।'

ऐसे तानों की उसे आदत पड़ चुकी है।

वह खिड़की के बाहर देख रही है।

हम दफ़्तर से घर लौट रहे हैं।

'पता है, आज वो स्टोरी हेडलाइन बनी।'

'कौन-सी?'

'वही माँ-बेटे वाली। 11 साल के बच्चे से नौ साल बाद मिली माँ। आपने बहुत अच्छी शुरुआत करा दी थी।'

'स्टोरी भी धाँसू थी।'

'लेकिन..', वह फिर अनमनी है।

'क्या हुआ?'

'हम इतनी ख़बरें क्यों दिखाते हैं? क्या फ़ायदा होता है इससे?'

'मतलब?'

'किसी दूसरे की ज़िंदगी में झाँकना, पूछना, रिश्ता तोड़ते या जोड़ते हुए कैसा लग रहा है? कभी-कभी मुझे रोने का मन करता है?'

'तुम्हें? तुम तो बस रुलाने की एक्सपर्ट हो?'

लेकिन मेरी बात उसने सुनी नहीं है।

'याद है, एक बार आपने मुंबई ब्लास्ट पर एक स्टोरी एडिट करने दी थी। वक़्त पर नहीं हुई तो बहुत डाँटा था?'

मुझे याद है। मुंबई पर हुए आतंकवादी हमले में घायल एक बच्चे की कहानी थी। हमने प्रोमो चलाया था, कि छह बजे दिखाएँगे। वह समय पर दे नहीं पाई थी।

'पता है, मैं क्यों नहीं दे पाई थी? उस पाँव कटे बच्चे की आँखें देखकर मैं रोने लगी थी। एडिट वे से भागकर चाय पीने के बहाने नीचे चली गई थी।'

'बताया क्यों नहीं था?'

'क्यों बताती?'

'लेकिन पत्रकार को क्रूर होना पड़ता है। डॉक्टर की तरह। रोएगा तो काम कैसे करेगा?'

'मुझे न पत्रकार होना है न डॉक्टर।'

'तो फिर आई क्यों इस फील्ड में?'

'बस रोने के लिए। पता है, इस माँ-बेटे ने भी मुझे बहुत रुलाया। जब भी अपनी अनजान-सी माँ का हाथ थामे बच्चे को उसके साथ घिसटते देखती तो रोने लगती। बड़ी मुश्किल से एडिट किया।'

मैं उसे देख रहा हूँ।

यह लड़की हर बार जैसे कुछ नई हो जाती है।

इसे तो मैंने पहले नहीं देखा है।

एक बिंदास-सी लड़की जो अपने ऐंडवेंचरस मूड की वजह से टीवी में चली आई।

बड़े घर की है, नई उम्र की है, दोस्तों के बीच खिलखिलाती है।

कुछ अंग्रेजी उपन्यास पढ़ लेती है और मेरे पास अपनी स्टोरी चेक कराने चली आती है।

ख़ुद को मेरा दोस्त बताती है।

और हँसती है, सबसे बूढ़े दोस्त हो आप मेरे।

यह रोती भी है? तस्वीरों में दिखता दुख इसे इतना छूता है?

गाड़ी रेडलाइट पर है। दोपहर होती तो तिल धरने की जगह न होती। रात है, इसलिए कम गाड़ियाँ हैं।

वह बाहर देख रही है।

'शीशा गिराइए, शीशा गिराइए', जल्दी से उसने बटन दबाया है।

बाहर की उमस भरी हवा का झोंका भीतर आता है।

'क्या हुआ?'

मेरे सवाल का जवाब देने की जगह वह दूर एक बच्चे को पुकार रही है।

एक नौ-दस साल के बच्चे को। वह ट्रैफिक सिगनल पर गजरे बेच रहा है।

'तुम गजरा ख़रीदोगी?' मैं हैरान हूँ।

'वह मेरा दोस्त है।'

'तुम्हारा दोस्त?' मुझे पता है, यह लड़का रोज़ यहाँ गजरा बेचता है।

यह दोस्त अब शीशे के पास खड़ा है।

'सुनो, तुम कल मेरे लिए गुलाब के फूल क्यों नहीं लाए थे?'

'मैं आपके घर गया था। आप थीं कहाँ?' लड़के का जवाब है।

'अरे हाँ, मैं सुबह निकल गई थी। तुम्हारे घर पानी आया?' वह फिर पूछ रही है।

'हाँ, अब आ रहा है।'

सिगनल रेड हो गया है। मैं असमंजस में हूँ।

'कल सुबह ज़रूर ले आना फूल। फिर बात करेंगे।' उसने शीशा चढ़ा दिया, मैंने गाड़ी बढ़ा दी।

उसका दुख छू-मंतर हो चुका है। चेहरे पर बिल्कुल बच्चों वाली हँसी है।

'जानते हैं, आप मेरे सबसे बड़े दोस्त। ये मेरा सबसे छोटा दोस्त। रोज़ हमारी बात होती है?'

मैं अवाक हूँ। पहले रोहित, और अब ये बच्चा। न जाने कैसी है ये लड़की।

और न जाने कैसा हूँ मैं।

मैं 42 का। वह 24 की।

कभी-कभी लगता है, वह 42 की है, मैं 24 का हूँ।

क्या हुआ जो मैंने इतनी ज़्यादा किताबें पढ़ी हैं।

क्या हुआ जो उसने कम दुनिया देखी है।

गाड़ी उसके घर के सामने खड़ी है। वह चाबियाँ झुलाती हुई उतर रही है। उसने हाथ हिलाया है। अब सीढ़ियाँ चढ़ रही है, 'कल मिलती हूँ।'

मैंने गाड़ी बढ़ा दी है।

देखें, कल कौन-सी लड़की मिलती है।

इस शहर में मनोहर

फणीश्वरनाथ रेणु का हीरामन अब गाँव में नहीं रहता, शहर चला आया है। बैलगाड़ी नहीं चलाता, कई दूसरे छोटे-छोटे काम करता है। उसका नाम इस कहानी में मनोहर है।

एक ही जगह 5 घंटे तक खड़े रहने के बाद थक गया मनोहर। पहले तो यही सबसे आसान काम लग रहा था। जब सुना कि बस गेट पर खड़े रहकर आने-जाने वालों के कार्ड चेक करना है तो बाँछें खिल गईं। इतने-भर काम के लिए 4000 रुपये मिलेंगे। ड्यूटी भी बस 10 घंटे। लेकिन आधे दिन में समझ में आ गया कि मेहनत करना आसान है, चुपचाप खड़े रहना मुश्किल। इतनी थकान तो काम करने में नहीं लगती, जितना खड़े रहकर सबको गुड मॉर्निंग बोलने में लगती है।

मनोहर ने जम्हाई ली। कंधे पर हल्का-सा धौल पड़ा। शंकर साथ खड़ा था, 'जम्हाई नहीं सिंघ जी। सिक्युरिटी मैन को एकदम तनकर खड़ा रहना पड़ता है। इसी बात का तो पैसा मिलता है हमलोग को।'

मनोहर तत्काल सतर्क हो गया। 'नहीं-नहीं, जम्हाई नहीं...' फिर खिसियाई हँसी हँसने लगा, 'शंकर जी, यहाँ तो आधा दिन में टाँग दुखने लगी। पहले सोचते थे, बहुत आसान काम है।'

शंकर अभ्यस्त निश्चिंतता के साथ बोला, 'काम तो आसान ही है। पहले दिन दिक्कत होती है। धीरे-धीरे आदत पड़ जाती है। देखिएगा, अच्छा भी लगने लगेगा। बड़ा-बड़ा आदमी इस गेट से आता-जाता है। हम भी पहले दिन बिल्कुल सो गए थे।'

शंकर ने सही कहा था। आने वाले दिनों में मनोहर भी आदी हो गया। एक जगह खड़े-खड़े पूरा दिन काट देना हालाँकि विचित्र लगता, लेकिन अब तकलीफ़

नहीं होती थी। कभी-कभी नींद आती, लेकिन उसे मालूम हो गया था कि ऐसे मौक़ों पर कैसे अपनी आँखें छुपानी चाहिए। फिर बड़े-बड़े लोग भी आते-जाते दिखे थे। शंकर ने ही बताया था, न्यूज़ चैनल का ऑफ़िस है। जो लड़कियाँ न्यूज़ पढ़ती हैं,वे यहाँ से आती-जाती हैं। मंत्री और अफ़सर भी बोलने आते हैं। मनोहर धीरे-धीरे चमत्कृत हो चला था। वाकई यह एक अलग दुनिया थी। उसकी बेरंग हताश दुनिया से अलग चमकते चेहरों वाली दुनिया, खिलखिलाहटों वाली दुनिया और सिगरेट के धुओं के बीच बनती दुनिया। दफ़्तर में सिगरेट पीना मना था, इसलिए लोग बाहर आकर इसी हिस्से में सिगरेट सुलगाते। उसे हैरानी होती। कुछ लोग हर आधे घंटे पर नीचे चले आते और चुपचाप सिगरेट फूँकते रहते। कुछ के एक हाथ में सिगरेट होती दूसरे में मोबाइल। वे धीरे-धीरे, अपने-आप में मगन, न जाने कहाँ बातचीत किया करते। इन लोगों में लड़कियाँ भी होतीं—सीधी-सादी, सुंदर दिखने वाली ये लड़कियाँ सिगरेट फूँकती हैं, ये पहली बार देखकर वह सदमे में आ गया था। उसे लगा था कि ज़रूर इनके घर वालों को यह सब पता नहीं चलता होगा। हालाँकि शंकर ने बाद में समझाया था, ये बड़े लोगों की दुनिया इन छोटी-छोटी चीज़ों की परवाह नहीं करती।

उसे फिर भी अच्छा लगने लगा था। वह इन बड़े लोगों की दुनिया को कुछ क़रीब से देख रहा है। पूरी दुनिया को न सही, कुछ बड़े लोगों को। धीरे-धीरे वह उन्हें पहचानने भी लगा था। मसलन सुबह के वक़्त शिखा मैम आतीं जो दिन में तीन-चार बार उतरकर सिगरेट पीतीं। शाम के वक़्त नमिता पुरी कई बार तेज़ी से आती-जाती, लोगों से मिलती दिखती। वह देश की बहुत बड़ी पत्रकार है जिससे नेता लोग डरते हैं, ये उसे शंकर ने बताया था।

सबसे ज़्यादा रोमांच उसे तब हुआ जब उसने रानी मुखर्जी और प्रियंका चोपड़ा को अपने दफ़्तर में आते देखा। वे पास से तो बिल्कुल पहचानी नहीं जा रही थीं। प्रियंका चोपड़ा कुछ ज़्यादा बच्ची लग रही थी तो रानी मुखर्जी कुछ ज़्यादा बड़ी। लेकिन दूसरों को बताने के लिए उसके पास ऐसा अनुभव था जिससे उसके दोस्त सिर्फ़ ईर्ष्या कर सकते थे।

दोस्तों को तो नहीं, लेकिन उसने अपने 12 साल के बेटे को बताया था। त्रिलोकपुरी के एक तंग कमरे का उसका कुछ अँधेरा सा बसेरा बेटे की अवाक् मुस्कराहट से कुछ चमक सा गया, 'पापा, हमें भी बुला लेते। हम भी देख लेते।'

'धत्त पागल, हमको थोड़े पता था, ऊ तो सामने आ गई और सबका हल्ला सुने तो समझ में आया कि हीरोइन लोग है।' फिर तुरंत बड़प्पन ओढ़कर मनोहर ने जोड़ा, 'और हमको का मतलब ई सिनेमा वाली लड़की लोग से? हमरे यहाँ तो रोज़ टीवी पर न्यूज पढ़ने वाली लड़की लोग आती-जाती रहती हैं।'

बेटे ने फिर कुछ गरूर से अपने बाप को देखा जो इतनी अच्छी नौकरी करता है। मनोहर भी खुश हुआ कि खड़े-खड़े चाहे जितनी बोरियत हो, लेकिन उसकी नौकरी उसके बेटे को कुछ खुशी दे रही है।

इस खुशी का कुछ वास्ता इस तसल्ली से भी था कि अब आने-जाने वाले लोग उसे पहचानने लगे हैं। सुबह से शाम तक वह भी सबको मुस्कराकर गुड मॉर्निंग कहता है, और सब उसको एक उदार मुस्कराहट के साथ जवाब देते हैं। उसे उम्मीद थी कि जैसे वह सबको पहचानने लगा है, उसे भी सब पहचानने लगे हैं। कल को किसी मुसीबत में ये बड़े लोग उसकी मदद ही करेंगे। हालाँकि उसे पता नहीं था कि ये लोग उसका नाम जानते हैं या नहीं, लेकिन ये भरोसा था कि उसकी नीली कलफ लगी वर्दी में उसकी रोबीली दिखती कद-काठी को पहचानने में उन्हें मुश्किल नहीं होगी।

लेकिन इस दफ़्तर ने उसे खुशी की जो असली सौगात दी थी, वह दूसरी थी। 10 बजे से ड्यूटी बजाते-बजाते जब साढ़े पाँच बज गए थे तब अचानक शंकर ने उसे आवाज़ दी थी, 'मैं स्नैक्स लेकर आ रहा हूँ। फिर तू चले जाना?' स्नैक्स? ये शब्द उसने शायद ठीक से सुना नहीं था या इसका मतलब उसकी समझ में नहीं आया था। बाद में मुँह पोंछते लौट रहे शंकर ने समझाया कि यहाँ रोज़ शाम को नाश्ता बँटता है, जिसे स्नैक्स कहते हैं। 'बिल्कुल मुफ़्त का। और ऐसा कि बाहर ख़रीदो तो कम से कम 50 का पत्ता निकल जाए।' शंकर ने बताया था, 'जाकर लाइन लग जाना, कार्ड दिखाना और खाने के बाद फिर ड्यूटी पर आ जाना।'

वाकई इस नाश्ते ने उसकी तबीयत खुश कर दी थी। इतना अच्छा नाश्ता तो किसी शादी-ब्याह में ही मिलता है। और ये चॉकलेट के रंग का केक तो कमाल का था। हालाँकि खाते-खाते उसे बेटे की याद आई थी और नाश्ते का स्वाद कुछ फीका हो गया था।

और घर पहुँचकर तो यह नाश्ता गुनाह लगने लगा था। क्योंकि जब उसने घर वालों को बताया कि उसे शाम को क्या-क्या खाने को मिला है तो घरवाली तो खुश हुई लेकिन बेटा मायूस। 'पापा, मेरा भी मन कर रहा है खाने का।' और

ये मायूसी रुलाई में बदल गई जब माँ ने इतनी-सी बात पर बेटे को थप्पड़ जड़ दिया। शायद घरवाली को एहसास था कि दिन-भर खटकर 4000 रुपये कमाने वाला उसका शौहर जो स्वाद लेकर लौटा है, वह बेटे के इसरार से बदज़ायक़ा हो जाएगा।

लेकिन इस थप्पड़ से चीज़ें सुधरी नहीं, बिगड़ गईं। बिना किसी शरारत के थप्पड़ खाने की कसक के साथ हिचकियाँ लेते बेटे को मनोहर ने ही सँभाला और चुप कराया था और वादा भी किया था कि वह उसके लिए ऐसी ही चीज़ ले आएगा।

लेकिन कहाँ से ले आएगा? अभी तो नौकरी शुरू ही हुई थी। वह दो-तीन दिन अनमना रहा। नाश्ता लेने जाता तो अनमनापन उदासी और अपराध-बोध में बदल जाता। कोई अच्छी-सी चीज़ खाते हुए बेटे का ख़याल आता। शंकर ने बताया था कि रात की ड्यूटी में यहाँ खाना भी मिलता है, बिल्कुल फ्री—रोज़ चिकेन होता है और बाद में कभी मिठाई और हलवा भी।

लेकिन यह शानदार ख़बर मनोहर को खुश न कर सकी। उल्टे उसने शुक्र मनाया कि उसकी रात की ड्यूटी नहीं लगती है, वरना ये खाना भी आत्मा को नहीं पचता।

आख़िरकार मनोहर ने शाम का नाश्ता भी छोड़ दिया। हालाँकि जितनी भारी पहले दिन की ड्यूटी थी, उतना ही भारी पहली बार नाश्ता छोड़ना था। शाम को साढ़े पाँच बजे के बाद अचानक भूख लग आती। फिर बाक़ी साथी जाते और खुश होकर लौटते। इसके अलावा शंकर रोज़ पूछता कि आख़िर वह जा क्यों नहीं रहा। शुरू के तीन दिन उसने पेट ख़राब होने का बहाना बनाया, एक दिन मन नहीं होने का और एक दिन नाश्ता पसंद न आने का।

आख़िरकार उसने शंकर को सच बता दिया। सुनकर शंकर हँसने लगा। तब तक दोनों में आत्मीयता का धागा औपचारिक संबंधों और संबोधनों को पीछे छोड़ चुका था। 'बुद्धू, इतनी-सी बात!' शंकर ने कहा। फिर शंकर ने बताया कि यहाँ नाश्ते की प्लेट ही नहीं, पैकेट भी मिलता है। मनोहर चाहे तो पैकेट ले ले और उसे चुपचाप घर ले जाए। 'हालाँकि किसी को बताना नहीं, चुपचाप ले जाना, वरना पता नहीं, लोग क्या सोचेंगे।' शंकर ने ख़बरदार किया।

उस दिन मनोहर धड़कते दिल से कैंटीन में गया। उसने कैंटीन मैनेजर से कहा कि वो उसे पैकेट दे दे। मैनेजरी देख रहे लड़के ने उस पर उड़ती-सी नज़र डाली और उसके हाथ में पैकेट थमा दिया।

मनोहर की जान में जान आई। पैकेट पाकर उसे इतनी खुशी हुई जितनी शायद नौकरी पाकर भी नहीं हुई थी। पाली ख़त्म होने पर पैकेट को बहुत जतन से सँभाले वह आठ बजे निकला। बस की भीड़-भाड़ में पैकेट दब या पिस न जाए, इस डर से उसने दो भरी हुई बसें छोड़ दीं। तीसरी बस आई तो बहुत सँभलकर चढ़ा। बस से उतरकर घर पहुँचा तो चेहरे पर जैसे कोई जंग जीतकर आने की खुशी थी। 'मुन्ना कहाँ है?' मनोहर के स्वर की उत्तेजना से पत्नी कुछ हैरान हुई, लेकिन पत्नी के जवाब से पहले बेटा हाथ में अपनी पुरानी किताब लिये निकल आया, 'पढ़ रहा हूँ। पहाड़े याद करने हैं।'

लेकिन जवाब सुनने की मनोहर को फुरसत नहीं थी। उसने तेज़ी से पैकेट बढ़ाया, 'ले, तेरे लिए ले आया हूँ।'

पत्नी ने देखा तो पूछना चाहा, शाम को ख़ुद नहीं खाए क्या, लेकिन मनोहर के चेहरे की तृप्ति देखकर चुप हो गई। फिर उसने बेटे को देखा जो पैकेट को खोल चुका था। नरमी से कहना चाहा कि उसमें से कुछ पिता को भी दे दे, लेकिन फिर बेटे का खिला हुआ चेहरा देख वह भी खिल गई।

पति-पत्नी ने एक-दूसरे का चेहरा देखा—ऐसा कोमल चेहरा तो शादी के दिन भी उन दोनों का नहीं था। छोटा-सा सुख इतना बाँधता है क्या?

इसके बाद यह रोज़ का सिलसिला हो गया। मनोहर के दिन अचानक शाम की प्रतीक्षा का नाम हो गए। इस बीच उसकी समझ में आ गया था कि जब पैकेट चाहिए तो देर से जाए। पहले प्लेट बँटती है, पैकेट बाद में तैयार होते हैं। पहले वह सहमे अंदाज़ में पैकेट माँगता, फिर धीरे-धीरे बेधड़क माँगने लगा। बेख़बरी में उसे अंदाज़ा भी न रहा कि लोग उसकी हरकत पर निगाह रख रहे हैं। पहले लापरवाही से उसकी तरफ़ पैकेट बढ़ा देने वाला लड़का झुंझलाने लगा था। 'ये साले खाते नहीं, घर ले जाते हैं। इनके लिए पैकेट बनाने का क्या मतलब है?'

उसके इस सवाल का जवाब देने वाला कोई नहीं था। कौन देता? एक पैकेट पर सबका हक़ है। जो चाहे ले जाए, जिसे खिलाए।

लेकिन मामला इतना आसान नहीं था।

हर जगह् खुरपेंची करने वाले निकल आते थे। हर जगह बेमतलब झुँझलाने वाले लोग बढ़ते जाते थे।

हर जगह खर्च कम करने की तरक़ीबें खोजी जाती थीं।

एक दिन कैंटीन में भी ये काम शुरू हो गया।

मैनेजर ने लड़के को तलब किया, 'इतने पैकेट कैसे लग जाते हैं? लोग तो कम दिखते हैं।'

लड़का सहमा हुआ था, लेकिन उसके पास जवाब था, 'एक-एक के कार्ड पंच करवाता हूँ। जो कार्ड नहीं लाते, उनसे साइन करवाता हूँ। लेकिन यहाँ तो सिर्फ़ ऑफ़िस वाले ही नहीं, बाहर वाले भी खा जाते हैं। ये गार्ड ऑफ़िस के लोग तो हैं नहीं, ये क्यों खाने चले आते हैं?'

मैनेजर लड़के की बात से सौ फीसदी सहमत था। लेकिन ऊपर वालों का आदेश उसके पास था, लड़के के पास नहीं। उसे साफ़ कहा गया था कि यहाँ सिर्फ़ स्टाफ नहीं, वे सब खाएँगे जो कंपनी के लिए काम करते हैं। चाहे ठेकेदार के आदमी हों या सिक्युरिटी गार्ड्स हों।

मैनेजर ने लड़के को समझाया, 'देख, उन लोगों को रोकना ठीक नहीं। सब कंपनी का काम करते हैं। लेकिन ये नज़र रख कि कोई ज़्यादा पैकेट तो नहीं ले जाता। किसी के दुबारा साइन तो नहीं हो जाते।'

बस, लड़के की पुरानी झुँझलाहट जाग गई, 'यहाँ तो लोग खाते ही नहीं, घर भी ले जाते हैं। ये सिक्युरिटी गार्ड्स देखिए। सबके सब पैकेट माँगते हैं। क्योंकि उन्हें घर ले जाना है। या फिर बाहर बेच देना है। ये बेईमानी करते हैं।'

यहाँ मैनेजर ने लड़के से बहस नहीं की, कि वे बेईमानी करते हैं या नहीं। बस, प्वाइंट उसकी समझ में आ गया। ना, इन लोगों को रोकना होगा।

'जो पैकेट माँगे, उसे बता दे कि यहाँ खाने के लिए नाश्ता मिलता है, घर ले जाने के लिए नहीं। बल्कि ठीक से हड़का दे कि वे दुबारा न आएँ।'

बस, लड़के को यही चाहिए था। मैनेजर का हुक्म मिल गया था।

उस दिन शाम हुई, नाश्ता हमेशा की तरह टेबल पर सजा। लोग हमेशा की तरह साढ़े पाँच बजते कतार में खड़े हो गए। हमेशा की तरह जब कुछ शांति हुई तो लड़के ने पैकेट बनाने शुरू कर दिए।

पैकेट उन लोगों के लिए, जो साफ़-सुथरे कपड़ों में आते हैं और प्लेट हो या पैकेट, लेकर चल देते हैं।

फिर उसकी घड़ी आई।

मनोहर को आते देख उसकी भौंहें तन गईं।

मनोहर को उसने जान-बूझकर प्लेट बढ़ाई।

मनोहर ने कहा, उसे पैकेट चाहिए।

इसके बाद के उत्तर के लिए मनोहर तैयार नहीं था।

यह उत्तर नहीं, एक तरह से हमला था, ऊँची और कर्कश आवाज़ में, 'पैकेट तुझे क्यों चाहिए? जब प्लेट दे रहा हूँ तो क्या दिक्कत हो रही है? बाहर ले जाकर बेचता है क्या?'

मनोहर बिल्कुल सहम गया। ये तीन वाक्य ऐसे थे जैसे किसी ने गाल पर तीन तेज़ थप्पड़ जड़ दिए हों। वाकई उसका चेहरा लाल हो गया। उसके पीछे कई लोग खड़े तमाशा देख रहे थे।

उसकी हिम्मत टूट चुकी थी। बस लड़खड़ाती आवाज़ में सच बोल पाया, 'बेचता नहीं हूँ, बच्चे के लिए ले जाता हूँ।'

'बच्चे के लिए ले जाता हूँ!' आवाज़ अब भी उतनी ही कर्कश बनी हुई थी। 'साले, मैं क्या जानूँ। क्या करते हो। बेचते हो या बच्चे को खिलाते हो। और बच्चे को खिलाते हो तो बाहर से खिलाओ। सैलरी मिलती है न? फिर कंपनी को चूना क्यों लगाते हो? लो ले जाओ, कल से ख़ुद खाना हो तो आना, वरना पैकेट के लिए मत आना।'

थरथराते मनोहर की हिम्मत भी न पड़ी कि वह पैकेट के लिए इनकार कर सके। उसने झुकी हुई निगाहों से पैकेट लिये और लड़खड़ाता हुआ-सा निकला। पता नहीं, कोई उसे देख रहा था या नहीं,लेकिन उसे लग रहा था कि हर कोई उसकी पीठ पीछे उस पर हँस रहा है।

उस दिन बाद के दो घंटे कैसे कटे, उसे पता नहीं चला। एक-एक लम्हा सूई की तरह चुभता रहा। एक-एक लम्हा किसी ब्लेड की तरह छीलता रहा। एक-एक लम्हा किसी हथौड़े की तरह पड़ता रहा। एक ही लम्हे में उस पर न जाने कितने इल्ज़ाम लग चुके थे—वह चोर है, झूठा है, कैंटीन का सामान बाहर बेचता है, कंपनी को चूना लगाता है। वह बुरी तरह परेशान और घबराया हुआ था। कहीं ऊपर शिकायत हो गई और उसकी नौकरी चली गई तो? इसके आगे वह सोच नहीं पा रहा था।

रोज़ की तरह वह आठ बजे निकला। जो पहली बस दिखी बैठ गया। हाथ में पैकेट था, लेकिन वह पिस रहा था, दब रहा था, उसे परवाह नहीं थी।

रोज़ की तरह 45 मिनट बाद घर पहुँचा।

रोज़ की तरह पत्नी ने दरवाज़ा खोला और बेटे ने पैकेट।

लेकिन रोज़ की तरह उसके चेहरे पर खुशी नहीं थी।

पत्नी ने भी पहचान लिया बेटे ने भी।

'क्या हुआ?' पत्नी ने किसी आशंका से पूछा।

उसने हल्का बनाते हुए टालने की कोशिश की, फीकी हँसी हँसता हुआ बोला, 'आज आख़िरी बार पैकेट ला रहा हूँ। कल से बंद।'

'क्यों?' दोनों की आवाज़ लगभग एक साथ आई।

क्यों? इस सवाल का ठीक-ठीक जवाब उसे भी नहीं मालूम था।

वह सोच भी नहीं पा रहा था कि उस कैंटीन वाले लड़के ने उसके साथ यह सलूक क्यों किया।

वह नरमी से मना कर देता। वह उसे अलग से समझा देता। लेकिन उसने सीधे उसे बेइज़्ज़त किया।

यह ग़रीब होने की सज़ा थी? यह क्या था?

उस बरताव की याद आते ही फिर उसने ख़ुद को सँभालकर कुछ कहना चाहा।

लेकिन आँख भर आई और उसके पहले गला भर आया।

और वह रोता, उसके पहले उसका बेटा बुक्का फाड़कर रो पड़ा। उसने अपने पिता को इस तरह कमज़ोर पड़ते कभी नहीं देखा था।

जब बाप-बेटे भर आए हों तो पत्नी सूखी कैसे रहती। वह भी बिलख उठी।

आँसुओं का ज्वार थमा तो मनोहर ने बताया, उसे क्या-क्या सुनना पड़ा है।

कहा, आगे से वह कैंटीन जाएगा ही नहीं।

बेटे ने भी जोड़ा, वह ऐसा खाना खाएगा ही नहीं।

माँ ने कुछ नहीं कहा, लेकिन उसकी आँखें बता रही थीं कि अचानक बड़े हो गए बेटे और छोटे हो गए बाप पर उसे कुछ गरूर सा हो आया है।

तीनों ने एक-दूसरे को देखा। कहा किसी ने नहीं, अपने-अपने ढंग से सबने सोचा, छोटा-सा दुख इतना बाँधता है क्या?

हीरामन अब भी कसमें खाता है, लेकिन जानता है कि कसमें टूट जाएँगी। दरअसल उसका पूरा वजूद टूटने की किरचा-किरचा दास्तानों से बना है।

मनोहर ने कसम खा ली थी—वह आगे से नाश्ता नहीं लेगा। हालाँकि यह कसम बहुत सारी वजहों से टिकी नहीं।

जिस लड़के ने उसे कैंटीन में बेइज़्ज़त किया था, वह एक दिन आकर माफ़ी माँग गया। शायद उसे एहसास हो चुका था कि अपनी ढिठाई या रंज में

उसने एक भले आदमी का दिल दुखाया है। यही नहीं, एक दिन वह अपनी तरफ़ से उसे पैकेट पहुँचाने भी चला आया।

मनोहर ने पहली बार सख्ती से मना किया, फिर शंकर के समझाने पर ना-नुकुर करता हुआ मान भी गया।

रात को पैकेट लेकर घर लौटा तो पत्नी हैरान हुई, बेटा भी। बेटे ने खाया भी, लेकिन उस दिन उसने राज़ खोला कि ये नाश्ता उसे कुछ ख़ास रुचता नहीं, 'पैकेट तो बड़ा सुंदर होता है, लेकिन पता नहीं,कैसी-कैसी चीज़ें होती हैं जिन्हें खाने का मन नहीं करता।'

बहरहाल, धीरे-धीरे नाश्ते का प्रसंग पीछे छूट गया। इसलिए भी कि एक और बड़ा प्रसंग चला आया। इतना बड़ा कि मनोहर को काफ़ी कुछ सोचने की नौबत आ गई। पहले वह शंकर के साथ दरबानी करता था, लेकिन कंपनी ने शंकर को कहीं और लगा दिया। अब उसकी जगह एक लड़की आ गई थी—लड़की नहीं, पूरी मेहरारू, जिसका काम उसके साथ पूरी ड्यूटी में खड़े रहना था। कंपनी में आने-जाने वालों को चेक करने का नया फ़रमान आया था और लड़कियों को चेक करने के लिए एक महिला की ज़रूरत थी।

इसलिए सीमा आ गई और वैसी ही ड्रेस में उसके साथ खड़ी रही। सिर्फ़ खड़ी रही। एक घंटा, दो घंटे, चार घंटे। डरी-सहमी और सकुचाई-सी। कुछ न बोले। उसकी तरफ़ देखे भी नहीं। और तो और,लड़कियों को देखकर भी झेंप जाए। ख़ासकर जिन लड़कियों की ड्रेस कुछ ज़्यादा भड़कीली लगे, उनकी तरफ़ तो उसकी आँख भी न उठे।

लेकिन उस दिन मनोहर को थकान हुई ही नहीं। वह देखता और देखता रहा। सीमा बहुत सुंदर नहीं थी। साँवली थी। चेहरा भी सख्त था। लेकिन फिर भी वह एक महिला थी। अनजान महिला। सहमा हुआ वह भी था, लेकिन यह एक अलग तरह का डर था। कुछ ऐसा न हो जाए जिससे सीमा उसके बारे में कोई ग़लत राय बनाए। पूरे दिन उसने सुरती तक नहीं फाँकी। बाथरूम जाने के लिए भी बहाना कोई और बनाया। बाथरूम में ख़याल आया कि सीमा को भी तो ऐसी ज़रूरत महसूस होती होगी। उसे दया भी आई।

लेकिन उस दिन तो मनोहर को मालूम भी नहीं था कि उसका नाम सीमा है। पहला दिन तो बस चेहरा देखते गुज़रा। चेहरा देखते नहीं, चेहरा छुपाते। आमने-सामने खड़े होने के बाद भी दोनों एक-दूसरे को नहीं देख रहे थे। जब आने-जाने वाले ज़्यादा होते तो यह पता नहीं चलता, लेकिन दोपहर को आधे-आधे

घंटे एक-दूसरे से नज़र बचाने में गुज़र जाते। शाम को नाश्ते का समय आया तो मनोहर ने चाहा कि उसे बता दे। लेकिन वह न ख़ुद जा पाया न सीमा को बता पाया।

अगले दिन मनोहर ने शाम को सहमते-सहमते बताया, 'जाइए, नाश्ता ले लीजिए।' वह उसे कुछ हैरान-सी देखती रही, फिर उसने धीरे-से पूछा, 'किधर ?' मनोहर ने हाथ से इशारा कर दिया, फिर अचानक याद करके बताया, 'कार्ड देना होगा।'

दस मिनट बाद सीमा लौटी तो अचानक तृप्त लग रही थी। चेहरे पर संकोच था, लेकिन वह सहमी हुई नहीं थी। इस बार बोलने की बारी उसकी थी, 'आप भी खा आइए।'

मनोहर के लिए यह छोटा-सा वाक्य भी बहुत बड़ा था। वह झटपट गया और पैकेट लेकर लौट आया। हालाँकि उसे मालूम था कि इस शाम के नाश्ते में बेटे की दिलचस्पी नहीं बची है। लेकिन उसे बताना था कि वह घर का कितना ख़याल रखता है। सीमा ने उसके हाथ में पैकेट देखा तो फिर हैरान हुई। वह अपने संकोच में पूछ नहीं पाई, लेकिन मनोहर ने बताया, 'बेटे के लिए ले जा रहा हूँ। ख़ुद खा लेना अच्छा नहीं लगता।'

सीमा का पहले से सख्त चेहरा अचानक बहुत निरीह हो गया। शायद पहली बार उसने कोई चीज़ अपने बेटे और पति से पहले खा ली थी। 'मालूम नहीं था, नहीं तो हम भी घर ले जाते।' आवाज़ में पछतावा था। मनोहर को अच्छा नहीं लगा। उसे लगा कि उसने इस बेचारी का ज़ायका ख़राब कर दिया है। फ़ौरन बोला, 'नहीं, नियम तो नहीं है, लेकिन हम लोग चुपचाप ले जाते हैं, कैंटीन वाला भी जानता है।' उसे नहीं लगा कि सीमा को इससे भी तसल्ली हुई है।

अगले दिन वह आई तो उसे शाम होने का इंतज़ार था। मनोहर उसकी बेताबी पढ़ रहा था और मुस्करा रहा था। बीती शाम की बातचीत ने उनके बीच का परदा हटा दिया था और अब आधे-आधे घंटों का खालीपन सन्नाटे में नहीं, एक-दूसरे की सूचनाएँ जुटाने में जा रहा था।

मनोहर को पता चला, सीमा का पति ऑटो चलाता है। लेकिन पीता नहीं है, सीमा ने इस पर जोर दिया था। इस बात पर भी कि उसी के कहने पर वह ये नौकरी कर रही है। 'बेटे के स्कूल जाने की उमर हो गई है। उसकी फीस और पढ़ाई का खर्चा यहाँ की कमाई से निकल जाएगा।' सीमा ने बताया कि उसे रमेश ने बताया था—रमेश, यानी सीमा का पति। इसके पहले वह कभी घर

से नहीं निकली थी, बहुत डर लग रहा था, किसी तरह हिम्मत बाँधकर आई। मनोहर पहली बार कुछ खुलकर हँसा, 'अपने डर रहे हैं और पूरा बिल्डिंग का रख वाली कर रहे हैं।' सीमा भी हँसने लगी, 'रख वाली नहीं, बस चेक करना है सबको। बस ऐसे ही।'

ये बातचीत चलती जा रही थी और मनोहर के लिए नौकरी मनोहर होती जा रही थी। अब उसे पहले की तरह झल्लाहट और ऊब नहीं होती थी। घर जाता तो गुनगुनाता हुआ जाता। घर से आता तो साफ़ कपड़ों का ख़याल रखके आता। हालाँकि दफ़्तर जाकर फ़ौरन दरबानी वाली ड्रेस पहननी पड़ती, लेकिन अगर कभी सीमा उसे उसके मुचड़े हुए कपड़ों में देख ले तो क्या सोचे?

सीमा सुंदर नहीं थी, लेकिन सीमा थी, शंकर नहीं थी। मनोहर के लिए बस इतना ही काफ़ी था। नहीं, वह कोई सीमा का दीवाना नहीं हो गया था। उसे अपनी उम्र और हैसियत—सबकुछ का अंदाज़ा था, सीमा की सीमा और शराफ़त का भी। उसे मालूम था कि अगर उसने ऐसी-वैसी कोई बात सोची और सीमा को समझ में आ गया तो मुस्कराहट और गपशप का यह नया बना पुल सीधे नीचे आ गिरेगा। जबकि ऐसा पुल ज़िंदगी में उसे बस पहली बार मिला था। वह जाने-अनजाने सीमा की बहुत सारी छोटी-छोटी ज़रूरतों और मुश्किलों का ख़याल रखने लगा था।

सीमा भी सहज हो रही थी। एक दिन उसने कहा था, 'आप लोग अच्छे लोग हैं। नौकरी करने का सब डर चला गया। नहीं तो क्या-क्या सुनते थे यहाँ के बारे में।'

'क्या सुनते थे?' मनोहर ने जान-बूझकर पूछा।

'पता नहीं, तरह-तरह की बात।' सीमा ज़्यादा बता नहीं पाई। यह बात समझ में आई कि दफ़्तर में आने वाली ऊँचे घरों की लड़कियों से उसके पति ने उसे सावधान किया था, 'देखते नहीं, सिगरेट पीती हैं, कैसे-कैसे कपड़े पहनती हैं...पता नहीं, और क्या-क्या करती होंगी।' अपने संकोच और सहमे हुए ग़ुस्से के बीच धीरे-धीरे सीमा ने कहा था।

मनोहर को अच्छा नहीं लगा। उसे तो ये भली लड़कियाँ लगती हैं। अंग्रेजी बोलती हैं और कभी-कभार उससे बात करने की नौबत आती है तो कितनी इज़्ज़त से, अंग्रेजी स्टाइल में, मनोहर जी पुकारती हैं। उससे रहा नहीं गया। 'नहीं, ऐसा नहीं है। सब अच्छी लड़कियाँ हैं। भले घरों की। अब फैशन ही ऐसा हो गया है तो क्या बोलिएगा।'

बाद में सीमा को भी लगने लगा था कि ऐसा नहीं है। ये भले घरों की लड़कियाँ हैं। हालाँकि इनका सिगरेट पीना उसे कभी अच्छा नहीं लगा, न ही ज़्यादा खुले कपड़े पहनना। लेकिन छोटे-छोटे बालों वाली, चमकती आँखों वाली, टी-शर्ट और जींस पहनने वाली ये लड़कियाँ उसे अच्छी लगने लगीं। ख़ासकर एक दुबली-पतली-सी लड़की रोज़ टहलती हुई सिगरेट पीती और चलते-चलते उसका हाल-चाल पूछ लेती। एक बार तो उसने सीमा के टिफिन से रोटी और अचार निकालकर खा लिया था। सीमा संकोच में पड़ गई थी। ऐसी सुंदर और अमीर लड़की को ऐसी सूखी रोटियाँ कैसे दे दे। लेकिन उस लड़की को जैसे कोई फ़र्क़ नहीं पड़ा था। उसने बड़े सहज ढंग से पूछा था, 'आपको आंटी कहूँ या दीदी? जब कुछ ख़ास बनाइए तो मेरे लिए ज़रूर रखिएगा।'

सीमा के लिए यह बहुत बड़ी बात थी। अगले ही दिन वह हलवा बनाकर ले आई थी। सिर्फ़ उस लड़की के लिए नहीं, मनोहर के लिए भी। आख़िर वह भी तो उसका बहुत ख़याल रखता है। मनोहर भी खाकर खुश हुआ। और लड़की तो उस पर फ़िदा थी, 'दीदी, आप मेकअप क्यों नहीं करती हो? ये बाल छोटे करा लो। तुम पर ख़ूब फबेंगे। स्वीट हो आप। सब मर-मिटेंगे।'

सीमा लजाई भी, हँसी भी। मनोहर उसे देख रहा था, इतना सख़्त चेहरा इतना क़ोमल भी हो सकता है। सीमा इसलिए भी लजा रही थी कि सारी बात मनोहर सुन रहा था। लड़की जब चली गई तो दोनों ने एक-दूसरे को देखा। लजाई हुई सीमा बस इतना बोल पाई, 'पगली है, पता नहीं, क्या-क्या बकती रहती है।'

'बोली तो ठीक।' मनोहर ने पहली बार सरहद पार की थी, हालाँकि सहमे हुए ढंग से ही, और बोलकर डर गया था। सुनकर सीमा भी हैरान रह गई थी। मनोहर जी भी ये सब सोचते हैं?

मनोहर ने फ़ौरन बात सँभाली, 'नहीं-नहीं, छोटे बाल का फैशन है न, इसलिए बोले।'

उस दिन और कोई कुछ नहीं बोला। सब अपनी-अपनी ड्यूटी निभाते रहे। अगले दिन से सब ठीक हो गया तो मनोहर ने चैन की साँस ली।

लेकिन अगले हफ़्ते मनोहर ड्यूटी पर पहुँचा तो जैसे जादू हो गया था। सामने एक छोटे बालों वाली लड़की खड़ी थी। सीमा कहाँ गई? अरे, ये तो

सीमा ही है? मनोहर हैरान रह गया। और सीमा तो बिल्कुल उससे आँख मिलाने में मरी जा रही थी। उसने बाल कटवा लिए थे। ज़रूर चेहरे पर भी कुछ करवाया होगा। धीरे-धीरे वह सहज हो पाई, 'लगा कि सब तो कटवाते ही हैं, तो हम भी कटवा लिए।'

'क्या बोले रमेशजी?' सीमा के पति से मनोहर की मुलाक़ात तो नहीं थी, लेकिन उसका ज़िक्र इतनी बार आ चुका था कि वह अनजान भी नहीं लगता था। सीमा इस सवाल पर चुप लगा गई। मनोहर ने भी टोकना ठीक नहीं समझा। उसे अपनी बीवी का ख़याल आया। अगर वह बाल कटवा ले तो? और अचानक उसे किसी अनिष्ट का अंदेशा हुआ।

अनिष्ट की ख़बर उसे तीन दिन बाद मिली। उस दिन ड्यूटी पर पहुँचा तो उसे एक नई लड़की मिली। उसे लगा, सीमा ने फिर मेकअप किया क्या? लेकिन नहीं, ये वाकई नई लड़की थी, रूखी-सी, अपने-आप में मगन।

शाम को टहलता हुआ शंकर आया। 'तुझे पता है, पंगा हो गया है?' मनोहर कुछ समझ नहीं पाया। 'सीमा ने नौकरी छोड़ दी है। उसके पति ने छुड़ा दी है।' शंकर बेलौस बता रहा था, 'उसके पर निकल आए थे। पिछले हफ़्ते उसने बाल कटा लिए थे। न जाने किसके लिए हलवा बनाकर लाई थी। तुझे भी खिलाया था क्या?'

मनोहर स्तब्ध था। इतनी-सी बात पर ऑटो वाले ने नौकरी छुड़ा दी। इतनी तारीफ़ करती थी अपने पति की। कमबख़्त ऐसा शक्की निकला।

शंकर ने उसकी पीठ पर हाथ मारा। 'अरे तू इतना परेशान क्यों है? एक गई तो दूसरी आ गई। वो भी तुझे खिलाएगी हलवा।'

मनोहर का मन बुरी तरह ख़राब हो गया। शंकर को जवाब देने की इच्छा भी नहीं हुई। शंकर भी समझ गया, उसका मज़ाक ग़लत जगह लगा है। उसने फ़ौरन जोड़ा, 'अरे, इतना-भर मज़ाक का हक तो है।'

मनोहर फिर भी चुप रहा। न जाने उसे क्यों लगता रहा कि सीमा की नौकरी छुड़ाने में उसका भी हाथ है।

ये सैलरी का दिन था। सैलरी लेने के लिए सिक्युरिटी एजेंसी के ऑफ़िस जाना पड़ता था। ड्यूटी ख़त्म कर वह पहुँचा। दफ़्तर के बाहर अचानक चिहुँक-सा गया। एक जानी-पहचानी-सी औरत खड़ी थी। छोटे-छोटे बाल थे उसके। यह सीमा थी। एजेंसी की वर्दी में नहीं साड़ी में। चेहरे पर सख़्ती की जगह मायूसी थी।

सीमा ने भी उसे देख लिया। लेकिन वह मनोहर के पास नहीं आई। सीमा के साथ एक मर्द खड़ा था। मनोहर ने समझ लिया, यही रमेश होगा, वह ऑटो वाला जो पीता नहीं है।

सीमा ने पैसे लिये। अपने ऑटो वाले के साथ चल दी। चेहरे पर कोई भाव नहीं था। मनोहर ने पैसे लिये। वह बहुत देर वहीं खड़ा रहा। इस उम्मीद में कि शायद सीमा किसी बहाने आए। लेकिन सीमा नहीं आई।

घर पहुँचा तो पत्नी राह देख रही थी, 'बोले थे, पैसा लेकर जल्दी आ जाएँगे। इतना देर कहाँ लगा दिए थे?' मनोहर ने जवाब नहीं दिया तो वाकई घबरा गई, 'तबीयत ठीक है न?'

मनोहर ने सिर हिलाया। फिर सिर झटका। दूसरी कसम खा ली, आगे से किसी औरत के हाथ का बनाया हलवा नहीं खाएगा। उसे बाल कटाने की सलाह नहीं देगा।

छोटे-से परिवार का छोटा-सा सुख। अनजान-सी औरत से अनकहा-सा प्रेम। यह सब क्यों छूट जाता है? इस बड़े शहर में बड़े लोगों के बीच उसका हर सपना क्यों टूट जाता है? हीरामन जानता नहीं, लेकिन ज़माना उसे बता देता है।

शंकर सही निकला, जिसने कहा था कि एक जाएगी तो दूसरी हलवा खिलाने वाली आ जाएगी। धीरे-धीरे मनोहर सीमा को भूल गया। अब उसकी जगह आशा थी। आशा भी सीमा जैसी ही थी-साँवली, सामान्य, अपने में सिकुड़ी हुई। आशा ने कभी हलवा नहीं खिलाया। लेकिन उसके साथ भी मनोहर के दिन ठीक बीतने लगे। सीमा चुप रहने वाली थी और आशा बोलने वाली। शुरू का संकोच टूटने के बाद वह हर आने-जाने वाले पर टिप्पणी करती। आशा के साथ मन लगने लगा।

मन लगने की वजहें और भी थीं। धीरे-धीरे शंकर को एहसास हो चला था कि वह जिस दफ़्तर में काम करता है, वहाँ बहुत बड़े लोग आते-जाते हैं। मंत्री-संतरी सब उनसे डरते हैं। थाना-पुलिस, कचहरी-अस्पताल, कहीं उनका काम नहीं रुकता। 'एक बार बोल दो तो वो आपके सारे काम करा देते हैं।' ये जानकारी उसे आशा ने ही दी थी। आशा का मर्द जब बहुत बीमार था तो इसी दफ़्तर के एक बड़े साहब ने उसे एम्स में जगह दिलवाई थी। वरना एम्स में आजकल बेड मिलता किसको है?

शंकर को भी तसल्ली हुई थी। जब आशा को इतने मददगार मिल गए तो वह तो और भी पुराना है। उसे तो सब जानने लगे हैं। वह नमिता मैम भी, जिन पर फ़िल्म बन रही है। वो भी उसे पहचानती हैं। देखकर रोज़ क़ायदे से सिर हिलाती हैं। किसी मदद की ज़रूरत पड़ेगी तो ज़रूर करेंगी।

मदद की ज़रूरत पड़ भी गई। उसने अख़बार में पढ़ा था कि अब प्राइवेट अंग्रेज़ी स्कूलों में भी 14 साल के कम उम्र के बच्चों को मुफ्त पढ़ाया जाएगा। उसका बेटा तो 12 साल का ही है। सरकारी स्कूल में जाता है, लेकिन अगर स्कूल बदल जाए तो कितना अच्छा हो? अचानक परिवार ने कई सपने देख डाले थे। ख़ासकर बेटे ने, कलफ लगी धुली पैंट और चमचमाते जूतों के, जिसका इंतज़ाम उसके लिए सरकार करेगी।

मनोहर ड्यूटी पर आने से पहले सुबह-सुबह स्कूलों के चक्कर लगाने लगा। लेकिन स्कूल थे कि गेट के भीतर दाखिल होने नहीं दे रहे थे। वह जाता और बार-बार लौट आता।

तभी उसे ख़याल आया, अपने साहब लोगों की मदद लेने का। दो दिन फिर भी उसकी हिम्मत नहीं पड़ी किसी से बात करने की। एक शाम उसने निकलते हुए नमिता मैम को टोका, 'मैम, मेरा एक काम है।' नमिता मैम अचानक चौंक गईं, 'हाँ-हाँ, बताइए।'

'मेरे बेटा का किसी स्कूल में ऐडमिशन कराना है।'

'कितने साल का है?'

'बारह का।'

'बारह का है और स्कूल नहीं जाता?'

'नहीं-नहीं', मनोहर ने बात सँभाली, 'जाता है। सातवीं में पढ़ता है। लेकिन हम चाहते हैं उसका स्कूल बदल जाता। अब तो प्राइवेट स्कूल में भी ग़रीब बच्चों को पढ़ाने का क़ानून बन गया है।'

इतना लंबा वाक्य बोलते-बोलते सहम गया मनोहर। लेकिन जवाब में मिला बस एक हूँ।

उसने फिर हिम्मत की, 'हमलोग तो स्कूल के भीतर भी नहीं जा पाते। आप कहीं बोल देतीं तो कुछ हो जाता।'

'देखती हूँ।' इस संक्षिप्त जवाब के साथ आगे बढ़ गई नमिता मैम के परफ़्यूम की पीछे छूटी खुशबू के बावजूद मनोहर ने कुछ घुटता हुआ-सा महसूस किया। क्या उसे नहीं बोलना चाहिए था?

अगला पूरा हफ़्ता इंतज़ार में गुज़र गया। नमिता मैम आतीं-जातीं, लेकिन उससे कुछ न कहतीं। उन्होंने यह भी नहीं पूछा था कि कौन-से स्कूल में ऐडमिशन चाहिए। अब मनोहर धीरे-धीरे पछताने लगा था। बड़े लोगों से अपने संपर्क की डींग उसने फालतू घर में हाँकी थी। पत्नी अब ताने देगी। लेकिन पत्नी को ताने देने का ख़याल नहीं था, अपने बच्चे की फ़िक्र थी। वह हर रोज़ पूछती, 'मैम ने कुछ कहा?' दो दिन मनोहर ने झूठ बोल दिया, दिखी ही नहीं, फिर एक दिन अपने भूल जाने का बहाना किया। आख़िरकार हारकर उसने अपने हाथ खड़े कर दिए, 'वे तो कुछ बोलती ही नहीं, लगता है, करना नहीं चाहतीं।'

लेकिन पत्नी ने हाथ खड़े नहीं किए थे। उसने सामने से नहीं, टीवी पर नमिता मैम को देख रखा था। जब निठारी के बच्चों की ख़बर दे रही थी तो उनके चेहरे पर कितनी तकलीफ़ थी। इतनी अच्छी औरत भला उसके बच्चे का ख़याल नहीं रखेगी? वह तो नमिता मैम को सामने से भी देखना चाहती थी। इसी इच्छा से अचानक निकला एक नया सुझाव। 'चलिए एक दिन हमलोग भी चलते हैं। हम लोगों को सामने देखेगी तो मना नहीं कर पाएगी।'

मनोहर एकबारगी हड़बड़ा गया। उसे ख़याल आया कि वह इन लोगों को बैठाएगा कहाँ? फिर बेटे के सामने अपनी वर्दी का रौब दिखाने और वहाँ खड़े होकर दरबानी करने में अंतर है। उसने फ़ौरन कहा, 'नहीं-नहीं, तुम लोगों को ऑफ़िस जाकर क्या करना है। वहाँ तो बैठने की जगह भी नहीं होती।'

लेकिन अब बेटा भी मचल गया था। वह भी इन बड़े टीवी वालों को देखना चाहता था। बड़े स्कूल में पढ़ने की चाहत जितनी थी, उससे कम नशीला यह ख़याल नहीं था कि उसके ऐडमिशन के लिए नमिता मैम सिफ़ारिश करेंगी। उसने भी जोड़ा, 'हम लोग बाहर खड़े रहेंगे।'

मनोहर धर्मसंकट में पड़ गया। वह किसी भी हाल में इन लोगों को ऑफ़िस नहीं ले जाना चाहता था। लेकिन पत्नी की दलील से एक उम्मीद उसके भीतर भी उग आई। क्या पता वाकई बेटे की सूरत देखकर नमिता मैम कोई रास्ता निकाल दें।

उस शाम पत्नी और बेटे ने अपने सबसे अच्छे कपड़े निकाले। पत्नी ने अपनी पुरानी साड़ी और बेटे ने अपना स्कूल ड्रेस। 40 मिनट बाद दफ़्तर के बाहर पार्किंग के पास खड़े वे अपने पति और पिता मनोहर को अपनी ड्यूटी पर मुस्तैद देख रहे थे। पत्नी ने पहली बार महसूस किया, एक जगह खड़े होकर ड्यूटी देना

आसान काम नहीं है। भीतर पछताई कि कभी-कभी वह ताना क्यों मारती रही। बेटे ने भी पहली बार महसूस किया कि पिता जितने बड़े हैं, उनसे भी बड़े लोग हैं। घर में आम तौर पर सख़्त रहने वाले और सिर्फ़ पढ़ाई की बात करने वाले पिता अलग हैं और यहाँ खड़े पिता अलग हैं। घर पर साधारण कपड़ों में भी पिता के चेहरे पर जो रौब रहता है, वह यहाँ इस वर्दी में भी नहीं है।

लेकिन इन महसूस न की जा सकने वाली मायूसियों से कहीं ज़्यादा बड़ी चमक मनोहर के ऑफ़िस को क़रीब से देखने की थी। गेट से आती-जाती ख़ूबसूरत लड़कियों को देख मनोहर की पत्नी हैरान थी। कैसे कपड़ों में सब काम करती हैं। कुछ के कंधे खुले दिखते हैं, कुछ की पीठ उघड़ी दिखती है तो कुछ के घुटने तक साफ़ नज़र आते हैं। उसे लगा कि इतनी सुंदर लड़कियों को देखने के बाद जब उसके पति घर पहुँचते होंगे तो उसे देखकर पता नहीं, उन्हें कैसा लगता होगा। अचानक उसने अपने बेटे को देखा तो सकुचा गई। बेटा सोचता होगा कि माँ इन लड़कियों के आगे कहाँ टिकती है।

लेकिन बेटे को यह सब सोचने की फ़ुरसत नहीं थी। उसे एक से एक चमकती गाड़ियाँ चमत्कृत कर रही थीं। पिता के ऑफ़िस में इतनी तरह की गाड़ियाँ हैं, यह उसे मालूम ही नहीं था।

माँ-बेटे ने एक-दूसरे को देखा। तभी सामने से तेज़ी से चलता हुआ मनोहर आता दिखा। क़रीब आकर फुसफुसाया, 'देख, गाड़ी आ गई उनकी।' दोनों ने हैरानी से देखा। सामने रुकी एक चमचमाती कार से खुशबू का एक झोंका उतरा। नमिता मैम थीं, हालाँकि दोनों को पहचानने में एक लम्हा लगा। टीवी पर तो अलग दिखती हैं, यहाँ अलग हैं। खुशबू जितनी प्यारी थी, ख़ुद नमिता मैम उतनी प्यारी नहीं थीं।

मनोहर दोनों को साथ लेकर तेज़ चलता हुआ उनके सामने पहुँच गया, 'मैडमजी।'

मैडम कुछ हैरान हुईं, 'क्या है?'

'आपने कहा था स्कूल के लिए, यही है मेरा बेटा।'

नमिता पुरी ने नज़र घुमाई। एक सहमा-सा लड़का और उससे भी सहमी-सी एक औरत उनके सामने खड़ी थी। उन्हें अचानक झल्लाहट हो आई। पहले ज़रूरी मीटिंग है और फिर बुलेटिन की तैयारी करनी है। तिस पर ये स्टुपिड अपने पूरे परिवार को लेकर चला आया है। जैसे वे स्कूल चलाती हों। वह तो इस आदमी का नाम तक नहीं जानतीं।

झल्लाहट दिल में ही नहीं रही, मुँह पर चली आई, 'आप लोग कमाल करते हैं। टाइम भी नहीं देखते। पूरे घर को उठाकर ले आए हैं। आप समझते हैं, मैं किसी स्कूल की प्रिंसिपल हूँ?' हालाँकि बोलते-बोलते अपने सामने खड़े कातर चेहरों को देख उन्हें कुछ अफ़सोस हुआ, 'एप्लीकेशन लिखकर दे दीजिएगा। नाम, पता, क्लास सब ठीक से लिखिएगा। बोलती हूँ किसी को।'

लेकिन यह दिलासा सुनने लायक नहीं रह गया था मनोहर। अपने से कई साल छोटी इस लड़की के हाथों पत्नी और बेटे के सामने हुई इस बेइज़्ज़ती ने उसकी ज़ुबान ही नहीं सिल दी, उसका पूरा जेहन कुंद कर दिया था। वह अपनी पत्नी और बेटे से आँख नहीं मिला पा रहा था। वे दोनों भी उसे देखने से बच रहे थे।

बड़ी मुश्किल से उसने ख़ुद को सँभाला। कहा, 'देखते हैं, अब क्या करेंगे। बैठो तुम लोग। थोड़ी देर में ड्यूटी ख़त्म करके चलते हैं।'

वह फिर दरबानी पर लग गया।

घर से चलते वक़्त उसने सोचा था, बेटे को कैंटीन ले जाकर दिखा देगा और नाश्ता लेकर खिला देगा। लेकिन उसने यह नहीं किया।

उसने सोचा था, अपने साथ काम करने वाली आशा से पत्नी को मिला देगा। उसने यह नहीं किया।

उसने सोचा था, बाद में निकलकर वे सब कहीं एक साथ चाय पिएँगे। उसने यह भी नहीं किया।

उसने खाई बस एक कसम—तीसरी कसम—आगे से वह किसी बड़े आदमी को अपने काम के लिए नहीं बोलेगा।

फिर उसने अपने बेटे का चेहरा देखा। उसे मालूम था, यह कसम टूट जाएगी। वह फिर दीन-दुखी सा नमिता पुरी के सामने खड़ा होकर उनकी खुशामद करेगा। आख़िर उन्होंने एप्लीकेशन देने के लिए कहा तो है।

...

हीरामन कसम खाता है तोड़ने के लिए। बार-बार हारता है और फिर खड़ा होने की कोशिश करता है। बार-बार टूटती है हसरत, लेकिन वह टूटता नहीं है। मगर कब तक?

घर पहुँचते-पहुँचते मनोहर की मायूसी ग़ुस्से में बदल चुकी थी। नमिता पुरी के डर और दफ़्तर की सार्वजनिकता ने अपमान के जिस दंश को सिर उठाने नहीं

दिया था, वह अब फुफकार रहा था। वह बदला लेना चाहता था। लेकिन किससे लेता? नमिता पुरी से ले नहीं सकता था। तो क्या अपनी बीवी और बच्चे से? जाने-अनजाने उसने यही किया। उस रात जब सब खाने बैठे तो उसने साफ़ कर दिया था कि बेटे को पुराने स्कूल में जाना होगा। वह उनकी ख़ातिर और बेइज़्ज़ती नहीं करा सकता।

'सरकारी स्कूल से भी तो पढ़के बच्चा लोग तरक्की करता है, अख़बार नहीं देखते हो?' पूछते-पूछते उसे ख़याल आया कि अख़बार तो उसके घर आता ही नहीं है। वह दफ़्तर में पड़ा मुचड़ा-सा अख़बार पलट लेता है। उसी अख़बार में उसने पढ़ी थी एक फल वाले के बेटे की कहानी, जो अपने पिता की मदद भी करता था और पढ़ाई भी—और यह करते-करते अफ़सर बन गया था। तब इस ख़बर में उसने अपने बेटे का अक्स देखा था। लेकिन अभी की घड़ी उम्मीद की नहीं, प्रतिशोध की थी। उसने अपने बेटे को दिलासा देने की कोशिश में जैसे चुनौती दे डाली थी। बेटा चुपचाप सुनता रहा था। कैसे बताता कि मामला उसके लिए तरक्की करने का नहीं, अच्छे कपड़े पहनकर, चमचमाते जूते पहनकर, बड़े बच्चों के स्कूल में जाने का है। और यह ख़याल उसे जितना डराता है, उतना ही रोमांचित करता है। दरअसल वह ये बताने की हालत में भी नहीं था कि बड़े स्कूल में पढ़ने का यह पिता का ही बोया हुआ सपना था जिसने उसके भीतर ऐसी जड़ जमाई कि उसे अपना पुराना सरकारी स्कूल अच्छा नहीं लगने लगा था।

बहरहाल, इसके बाद दो दिन तक किसी ने बड़े स्कूल में पढ़ाई की बात नहीं उठाई। सबको नमिता मैम का ग़ुस्सा याद था। फिर तीसरे दिन पत्नी ने दबे लहजे में टोका, 'नमिता मैम को अर्ज़ी दे आइएगा?' मनोहर ने एकबारगी दाँत पीसे। 'उस दिन कहा था न?' लेकिन उस दिन और इस दिन में फ़र्क़ था। और फिर बेटे का कातर चेहरा सामने था। उसने सिर हिलाया और खाना खाने लगा। पत्नी के लिए इतना ही काफ़ी था। आख़िर पति की चुप्पी भी उसकी बात मान लेने जैसी थी।

अगले दो दिन नमिता मैम दिखती रहीं, वह कुछ कहना चाहता रहा और चुप रह जाता रहा। कहने से पहले उसे अर्ज़ी लिखवानी थी। लेकिन उस दिन नमिता मैम के बरताव के बाद वह इतना डरा हुआ था कि किसी और से अर्ज़ी के लिए भी कहते हिचक हो रही थी। एक बार उसे ख़याल आया कि किसी और से कहे। जो दुबली-पतली-सी लड़की सीमा के साथ गपशप किया करती

थी, वह अब भी सिगरेट पीती घूमती और अब आशा से बातें करती। उसे भी देखकर मुस्करा देती। क्या वह उसे टोककर देखे? कम से कम वह नमिता मैम की तरह पेश नहीं आएगी। और अगर इस बार भी ऐसा कुछ हुआ तो कम से कम उसके परिवार वाले उसकी बेइज़्ज़ती के गवाह नहीं होंगे।

दरअसल उसकी असली टीस यही थी। डाँट-फटकार उसने पहली बार सुनी हो, ऐसा नहीं था। बेइज़्ज़ती उसके लिए नई चीज़ नहीं थी। कभी कंट्रैक्टर, कभी मालिक और कभी-कभी तो बस का कंडक्टर भी उसे उसकी औकात याद दिलाता रहता था। लेकिन यह पहली बार हुआ था कि घर वालों के सामने उसे एक पढ़ी-लिखी लड़की ने फटकारा था। यह एक ऐसी फटकार थी जो उसकी सामाजिक औकात से ज़्यादा उसके निजी वजूद को छील गई थी।

लेकिन कुछ करना तो होगा ही। बेटे की पढ़ाई का सवाल है। तो उसने फिर हिम्मत की। नमिता मैम को टोक ही दिया। इस बार मैम का रुख पहले जैसा नहीं था। हालाँकि बहुत दोस्ताना भी नहीं था। वह भौंहें तिरछी कर सुनती रही थी। फिर उन्होंने अपनी डायरी निकाली और फिर उसके बेटे का नाम, क्लास और उसका अपना नाम नोट किया। फिर उन्होंने कहा कि वे दो-तीन दिन में देखेंगी।

यह तिनका भी मनोहर के परिवार की डूबती उम्मीदों के लिए बहुत बड़ा था। मनोहर ने उसी शाम घर जाकर पत्नी और बेटे को खुशख़बरी दी। पत्नी का कई दिनों से उदास चेहरा खिल उठा। बेटा तो अचानक चहकने लगा, 'वहाँ स्कूल में खूब मन लगाकर पढ़ेंगे।'

पिता ने बेटे का चेहरा देखा तो डर गया। कहीं इस खुशी को नज़र न लग जाए। लेकिन माँ मगन थी, बेटे का चेहरा देखकर तृप्त थी। वह इस लम्हे के आगे सोच और देख नहीं रही थी। ऐसे सपनों की घड़ियाँ उसकी ज़िंदगी में होती ही कितनी हैं?

फिर क़रीब हफ़्ता भर बीत गया। इस दौरान नमिता मैम ने उसे कई बार देखा। लेकिन वह अक्सर नज़र बचाकर निकल जाया करती। वह इंतज़ार करता कि वे कोई अच्छी ख़बर देंगी। वे नहीं देतीं। वह घर लौटता तो घर पर पत्नी और बेटा इंतज़ार करते कि वह कोई अच्छी ख़बर देगा। वह नहीं देता।

धीरे-धीरे उसने झूठ बोलना शुरू कर दिया। नमिता मैम लगी हुई हैं। नमिता मैम ने आज बताया कि उनकी बाल भारती में बात हुई है। नमिता मैम ने दो दिन बाद बताने को कहा है। नमिता मैम विदेश चली गई हैं। नमिता मैम

कह रही थीं कि प्रिंसिपल मना कर रही थी, लेकिन वह समझा लेगी। नमिता मैम ने आज उससे बहुत देर बात की। नमिता मैम ने उससे बेटे की पढ़ाई-लिखाई के बारे में पूछा।

लेकिन एक दिन वाकई नमिता मैम बात करने चली आईं। हालाँकि उनके पास देर तक न बात करने की फुर्सत थी न बेटे की पढ़ाई के बारे में पूछने का ख़याल। बस वे रुकीं और हमदर्दी भरे लहजे में बोलीं, 'मनोहर जी, इस साल नहीं हो पा रहा है, अगले साल देखती हूँ कहीं।'

मनोहर का कलेजा मुँह को आ गया। वह रोज़ नए स्कूल के सपने देख रहे बेटे और पत्नी को कैसे बताएगा कि उसे नमिता मैम ने टाल दिया है। उसने झूठ बोलने का सिलसिला जारी रखा। हालत ये हो गई कि उसे रोज़ नए झूठ सोचकर रखने पड़ते थे। वह भी तरह-तरह के। कभी घर वालों की उम्मीद बड़ी हो जाती तो वह एक झूठ से झटका दे देता। कभी बेटे की मायूसी गहरी होती लगती तो वह दूसरे झूठ से उबारने की कोशिश करता। कभी बीवी नाराज़ होती तो वह खुशामदी झूठ बोल देता। कभी वह ज़्यादा सपने देखने लगती तो वह झूठे अंदेशे जताने लगता।

लेकिन इस खेल से वह भी थक गया था और उसके अनजान घर वाले भी। बल्कि उसे लगने लगा था कि अब घर वाले भी उसका झूठ पकड़ने लगे हैं। क्योंकि अब उसके हर झूठ पर सवाल बढ़ते जा रहे थे। कभी जिस घर में उसके इशारे भी आदेश मान लिए जाते थे, वहाँ अब वह जो दावे करता, उन पर भी सवाल थे।

इस बात से उसे जितनी ज़्यादा चिड़चिड़ाहट होती, उससे ज़्यादा घबराहट होती। अब तो उसका घर लौटने का मन भी नहीं करता था। पहले जितनी फुर्ती से ड्यूटी ख़त्म कर नाश्ते का पैकेट दबाए घर लौटता था अब उतने ही अनमनेपन से वापस जाता। बीच में कभी शंकर के यहाँ चला जाता, कभी पुराने दोस्तों के यहाँ। वह मनाता कि उसके घर पहुँचने से पहले बेटा सो चुका हो।

उसे वह पुराना ठेका भी याद आने लगा था जहाँ उसने शादी के बाद जाना छोड़ दिया था। एक दिन वह वहाँ पहुँचा तो कोई जान-पहचान वाला नहीं मिला। ठेके पर बैठकर दारू पी भी तो मज़ा नहीं आया। पहले सबकुछ भूलकर मस्त हो जाने वाली बात बची ही नहीं थी। उल्टे उस पर झल्लाहट हावी होती गई। आख़िर ऐसी बड़ी बात क्या है? क्यों बेटे को इतना बडा स्कूल चाहिए? अच्छा-भला पढ़ रहा है। मेहनत करेगा तो यहाँ भी तरक्की कर लेगा। दूसरे छुपे

हुए डर भी तर्क बनकर सामने आने लगे। बड़े स्कूल में फीस और ड्रेस मिल भी जाए तो बाक़ी खर्चा तो होगा। वह उन्हें कैसे पूरा करेगा? उसने तय किया कि घर जाकर वह बड़े स्कूल का भूत उतार देगा।

उसने सोचा था कि अगर आज उसे किसी ने स्कूल के लिए टोका तो वह उन्हें बुरी तरह डपट देगा। लेकिन किसी ने कुछ नहीं पूछा। उसका चेहरा देख पत्नी और बेटा दोनों सहम गए थे। इस बात से उसका ग़ुस्सा और तेज़ हो गया। उसे अचानक यह भी याद आया कि आजकल बेटा बड़े स्कूल की जितनी बात करता है, पढ़ाई उतनी ही कम करता है। उसका ज़्यादा ध्यान टीवी देखने में रहता है। बेटा अब भी टीवी ही देख रहा था। इस बात से फिर उसका ग़ुस्सा भड़क उठा, 'तू आजकल टीवी ही देखता रहता है क्या? पढ़ता कब है?'

'पहले स्कूल का हो जाता तो पढ़ते...' सहमी हुई आवाज़ में ही बोल रहे बेटे को मालूम नहीं था कि उससे ग़लती हो गई है। वाक्य पूरा होने से पहले उसका गाल दो तेज़ तमाचों से लाल हो चुका था। 'तू अंग्रेजी स्कूल में ही पढ़ेगा? नहीं तो पढ़ेगा ही नहीं?' उसे रोने का मौक़ा भी ठीक से नहीं मिल पाया कि दो और तमाचे गाल पर पड़ गए, 'नहीं हो रहा है तो मैं कहाँ से करा दूँ? साली नमिता मैम को फुरसत ही नहीं है बात करने की, वह ऐडमिशन कराएगी? रोज़ मैं तुम लोगों को नया-नया क़िस्सा कहाँ से सुनाऊँ?'

यह आज की दारू-भर नहीं थी, कई दिनों से जमा हुआ ग़ुस्सा था जो नमिता मैम पर नहीं, मासूम बेटे पर निकल रहा था। घबराई हुई पत्नी बच्चे और उसके बीच आ खड़ी हुई, 'इसे मत मारिए, इसे काहे मार रहे हैं? आपसे नहीं हो रहा है तो इसका का ग़लती है?'

बेटे के इस बचाव और पत्नी के इस प्रतिरोध ने मनोहर को और झल्ला दिया। दारू और ग़ुस्से के बावजूद इतना विवेक बचा हुआ था कि उसने पत्नी पर हाथ नहीं उठाया। लेकिन ग़ुस्से में उसने खाट के पास पड़ी हाँडी पर लात मार दी। पका हुआ गरम चावल ज़मीन पर बिखर गया।

दोनों विस्फारित नज़रों से उसे देख रहे थे। मनोहर को इतने ग़ुस्से में पहले किसी ने नहीं देखा था। लेकिन अब ग़ुस्से की जगह पछतावा था जो मनोहर के भीतर सिर उठा रहा था। दारू कहीं सूख गई थी, ग़ुस्सा कहीं बह गया था। वह खाट पर लेट गया। एक घंटे लेटा रहा। दो घंटे लेटा रहा। एक रुलाई उसके भीतर उमड़ रही थी जिसे रोकना मुश्किल हो रहा था। दूसरी तरफ़ पत्नी और

बेटा अपनी सुबकियों के बीच अपने बिस्तर पर करवट बदल रहे थे। पत्नी ने फर्श साफ़ कर दिया था, लेकिन खाना किसी ने नहीं खाया था।

यह कसम खाने की बारी थी। कई कसमें खाने लायक थीं—वह दारू नहीं पिएगा, बेटे को बड़े स्कूल का सपना नहीं दिखाएगा, नमिता मैम से बात नहीं करेगा, कल सुबह बेटे और पत्नी से माफ़ी माँगेगा।

लेकिन उससे कोई कसम खाई नहीं गई। भूखे सोए बेटे और भूखी सोई पत्नी के क़रीब लेटा अपने-आप में रोता रहा मनोहर।

शेफाली चली गई

'हलो, मैं शेफाली।'

आवाज़ की खनक जानी-पहचानी थी।

मिलने का समय भी तय था।

मिलने की जगह भी तुम्हीं ने बताई थी।

फिर भी तुम स्तब्ध से खड़े रहे—बिल्कुल जड़वत।

क्या इसलिए कि शेफाली वैसी नहीं थी जैसी तुमने कल्पना की थी?

तुम मानकर चल रहे थे कि वह खूबसूरत होगी।

दुबली-पतली, गोरी-चिट्टी, अपनी आवाज़-सी ही सलोनी और दिलकश।

लेकिन यह तो कोई और थी।

लगभग काले को छूता साँवला चेहरा।

अनाकर्षक बेजान सी आँखें।

और मोटापे को छूती स्थूल काया।

हालाँकि तुमने इस सदमे से उबरने में बहुत समय नहीं लिया था।

तेज़ी से हाथ बढ़ाया—मैं रोहित, अब तक फोन पर तुम्हें तंग करता रहा हूँ।

लेकिन यह एक पल की स्तब्धता शेफाली से छुपी नहीं थी।

और यह एक पल की स्तब्धता शेफाली के लिए अप्रत्याशित भी नहीं थी।

आख़िर तुम पहले लड़के नहीं हो जो उससे मिल रहे थे।

उसके पहले भी फोन पर उसकी आवाज़ के सधाव में, उसके व्यक्तित्व की जादुई पकड़ में आने वाले लड़के उससे पहली मुलाक़ात की मायूसी छुपा नहीं पाते होंगे।

वह सुंदर जो नहीं थी।

लेकिन तुम बाक़ी लड़कों जैसे नहीं थे।

उस एक पल में शेफाली की पीड़ा का तुम्हें अहसास हो गया था।

तुमने उसके चेहरे के पार देखा, उसकी आवाज़ को याद किया और फिर उसे मुस्कराता सा उलाहना दिया,

'अच्छी लड़कियाँ इतना इंतज़ार नहीं कराती हैं।'

शेफाली खुश हुई। एक पल में धुली हुई मायूसी को उसने भी निचोड़कर फेंक दिया और फिर उसके चेहरे पर वही चमक चली आई जिसे फोन पर उसकी आवाज़ में पहचानने के आदी हो चुके थे तुम।

तुमने ही पेशकश की थी, चलो चाय पीते हैं।

'इस दुकान में?' एक पल की मायूसी की तरह यह एक पल की हिचक भी चली गई थी।

कुछ ही देर में तुम दोनों यूनिवर्सिटी कैंपस में बनी उस छोटी-सी गुमटी की टूटी सी बेंच पर बैठे खिलखिला रहे थे।

इन्हीं खिलखिलाहटों के बीच तुमने शेफाली को ठीक से पहचाना था।

अगले बीस दिन तक पहचान का यह पौधा खिलता रहा।

यूनिवर्सिटी में चल रहे यूथ फेस्टिवल की जिम्मेदारी तुम दोनों ने बीस दिन साथ निबाही।

वे बीस दिन, जो दुबारा नहीं लौटे।

वे बीस दिन, जब धरती पंख लगाकर उड़ती रही और आसमान झालर लगाकर थिरकता रहा।

वे बीस दिन, जब एक बदसूरत लड़की के व्यक्तित्व से सुंदरता की तरंगें निकल-निकलकर पूरे माहौल को खुशगवार बनाती रहीं।

वे बीस दिन जब तुमने जाना, वह सुंदर नहीं है, लेकिन उससे कई सुंदरताएँ झरती हैं।

वह सपनों जैसी लड़की नहीं थी, लेकिन अपने खिले खुलेपन में किसी सपने से ज़्यादा सुंदर सच्चाई की तरह थी।

तुम ख़ुशक़िस्मत थे कि उसके साथ थे।

तुम ख़ुशक़िस्मत थे कि ज़िंदगी को किसी और ढंग से देखने का सलीका सीख पा रहे थे।

तुम ख़ुशक़िस्मत थे कि एक बेहद मुश्किल आयोजन में तुम्हें ऐसा ज़िद्दी साथी मिला था।

हाँ, वह ज़िद्दी भी थी। जो सबको नामुमकिन जान पड़ता, उसके पीछे भूत की तरह लगी रहने वाली, और एक दिन सबको हैरत में डालते हुए उसे संभव बनाती हुई—वह आयोजन वाकई उतना शानदार न हुआ होता अगर उसके पीछे शेफाली नहीं होती, उसकी ज़िद नहीं होती, उसकी न दिखने वाली सुंदरता नहीं होती।

और वह उदासी न होती जो उसे इतना सुंदर और ज़िद्दी बनाती थी।

हाँ, शेफाली उदास थी। यह कोई और नहीं, तुम जानते थे।

शायद यह उदासी भी उसकी ताक़त थी।

उसे ज़िद्दी बनाती थी।

उसे यह साबित करने को मज़बूर करती थी कि वह दूसरों से अलग और बेहतर है।

लेकिन किस बात की उदासी? चौबीस बरस की एक लड़की क्यों उदास हो सकती है?

लड़के-लड़कियों के उस हँसते-खिलखिलाते झुंड में वह अचानक चुप और उदास क्यों हो जाती थी?

उसने कभी नहीं बताया।

तुमने भी कभी नहीं पूछा।

इसमें पूछने-बताने लायक कुछ नहीं था।

शायद उसे भी मालूम था

और तुम्हें भी मालूम था।

वह सुंदर नहीं थी।

यह सबको मालूम था।

हालाँकि कोई इसे याद नहीं करना चाहता था।

कोई इसका ज़िक्र करना नहीं चाहता था।

लेकिन यह बात बार-बार चली आती।

किसी न किसी बहाने।

उसके सामने किसी नायिका की सुंदरता की तारीफ़ करना भी गुनाह लगता।

उसे देखकर लगता कि सुंदरता एक बेमानी-सी चीज़ है।

लेकिन क्या वह वाकई इतनी बेमानी चीज़ थी?

तुम सब इस सवाल का सामना नहीं करते थे।

तुम सबको अपने-अपने रास्ते जाना था।

बस इतना सोचते थे कि एक अच्छी-सी लड़की का दिल दुखाकर क्यों जाएँ?

जाने का दिन भी आ गया।

बस वह आख़िरी पिकनिक थी—उमंग, उत्साह और कुछ उदासी से भरी।

आख़िर बीते बीस दिनों में कई अजनबी चेहरे आपस में दोस्त बने थे, उन्होंने साझा काम किया था, साझा ख्वाब बुने थे।

यह सबके साथ आख़िरी मौक़ा था।

तुम्हें याद है कला—वह प्यारी-सी छोटी-सी लड़की?

वही जो सबके हाथ देख रही थी?

बताती हुई कि किसका ब्वायफ्रेंड कौन होगा।

शेफाली हमेशा की तरह इस मजमे से दूर थी।

अकेली किनारे खड़ी।

लेकिन कला को एहसास था, शेफाली को छोड़ेगी तो सारा हाथ देखना व्यर्थ है।

'शेफाली दी, आइए तो!' वह पुकार रही थी।

और भी लोग पुकार रहे थे—शेफाली, शेफाली, अरे आओ तो।

उनमें एक आवाज़ तुम्हारी भी थी।

शेफाली कुछ हिचकती, कुछ सकुचाती चली आई थी।

हमेशा का दिखने वाला आत्मविश्वास उसमें एक फीकी हँसी में बदल गया था।

'लो देख लो, कर लो अरमान पूरे।' हँसने की कोशिश करते हुए उसने अपनी छोटी-सी हथेली पसार दी थी।

तुमने देखा था, अनजानी, आड़ी-तिरछी रेखाओं से भरी एक उदास हथेली, जिनमें यह पढ़ना मुश्किल नहीं था कि उसे कोई भी आसानी से नहीं मिलेगा।

'मिलेगा, मिलेगा', कला एलान कर रही थी। 'शेफाली दी को एक शानदार ब्वाय फ्रेंड मिलेगा। हाँ, कुछ लेट एज में।'

सब खुश हो गए थे। शेफाली को छोड़कर। उसे मालूम था, कला उसकी हथेलियाँ नहीं, उसका दिल देख रही है।

शेफाली ने तुम्हें देखा था, तुमने शेफाली को।

पिकनिक ख़त्म हो गई थी।

बस चल पड़ी थी—न जाने अब कब कौन किससे कहाँ मिले।

शेफाली चली गई थी।

...

महीनों बाद शेफाली का फोन आया था।

हिचक से भरा, पुरानी पहचान की आश्वस्ति खोजता हुआ।

तुम खुश हो गए थे। अरे शेफाली! कैसे तुमने याद कर लिया?

शेफाली साथ बैठना चाहती थी।

तुमने क्लास छोड़ी और निकल पड़े।

लाइब्रेरी में बैठी शेफाली मिली—फिर वही बदसूरत चेहरा।

लेकिन फिर झरती हुई सुंदरता। बातों की सुंदरता, यादों की सुंदरता, कोमलता की सुंदरता।

बेशक, जो प्रकृति ने दिया नहीं था, शेफाली ने उसे अपनी मेहनत, अपने जतन से हासिल कर लिया था।

वह एक जहीन लड़की थी। रूरल डेवलपमेंट का कोर्स कर रही थी।

'गाँव में जाकर काम करूँगी, शहर में नहीं रहूँगी।' शेफाली खुश थी, लेकिन कितनी, यह पता नहीं।

वह गाँव चुन रही थी या शहर से भाग रही थी, यह भी पता नहीं।

'क्या करोगी गाँव जाकर?' तुम पुरानी आत्मीयता की अँगुली पकड़े छेड़ रहे थे। 'शाम ज़ल्दी हो जाएगी, टीवी भी नहीं होगा। और तो और क़ायदे का कोई लड़का भी नहीं मिलेगा।'

'अब भी मैं टीवी नहीं देखती। और क़ायदे की लड़की तुम लोग खोज लो अपने लिए। क़ायदे का लड़का मुझे नहीं चाहिए।' आवाज़ में दोस्ताना उलाहने से ज़्यादा अकेलेपन की तकलीफ़ थी।

तुम चुप रहे। यह भी नहीं कह सके कि तुमसे ज़्यादा क़ायदे की लड़की कौन मिलेगी शेफाली?

यह कैसा चोर था रोहित, मन में बसा हुआ?

शेफाली भी नहीं कह सकी कि उसने कायदे के लड़के देखे तो बहुत, किसी से हिम्मत नहीं जुटा सकी कुछ कहने की।

यह कैसी तकलीफ़ थी शेफाली, तन में बैठी हुई?

शेफाली चली गई थी।

...

तुम बहुत देर तक उसके बारे में सोचते रहे।

वह तुम्हें अच्छी लगती है।

लेकिन कितनी अच्छी?

क्या तुम उससे प्रेम करते हो?

यह सवाल तुमने अपने-आप से कभी नहीं किया जो इसका जवाब भी खोजते।

उससे भी नहीं किया जो वह जवाब देती।

शेफाली चली गई थी।

...

लेकिन शेफाली कहीं नहीं गई थी।

वह तुम्हारा ख़याल रखती थी, मान रखती थी।

वह दूर बैठी तुम्हें देखती रहती थी।

तुम्हारी गतिविधियों को, तुम्हारी कविताओं को,

तुम्हारी प्रशंसाओं और आलोचनाओं को।

देखती भर नहीं रहती, उनमें हस्तक्षेप भी करती थी।

अपनी आलोचनाओं का तुमने कभी जवाब नहीं दिया

लेकिन शेफाली तुम्हारे लिए दूसरों से लड़ा करती।

तुम कभी शेफाली के लिए लड़े?

इसकी नौबत नहीं आई।

वह अपनी लड़ाइयाँ ख़ुद लड़ लेती थी।

वह अपना रास्ता ख़ुद तय कर लेती थी।

उसने तय कर लिया था—वह पुणे में पढ़ाई करेगी।

शेफाली चली गई थी।

...

फिर शेफाली लौटकर आई थी।

कई बरस बाद।

एक बदली हुई शेफाली।

उसकी आवाज़ में हज़ारों झरने खिलखिला रहे थे।

'रोहित, प्लीज़ जल्दी आओ, तुम्हें कुछ बताना है, किसी से मिलाना है।'

अचानक तुम चिहुँक गए थे।

एक लम्हा तुमने यह आवाज़ पहचानने में लगाया था।

खुशमिजाज वह हमेशा रही, लेकिन यह नई सी उत्फुल्लता तो कुछ और बता रही है।

'शेफाली, क्या कला की भविष्यवाणी सच हो गई?' जल्दी आने से पहले तुमने पूछ लिया था।

वह बस खिलखिला रही थी। आओ तो।

तुम गए थे। उससे मिले थे। मनीष को देखकर तुम्हें लगा, एक बोझ उतर गया।

कुछ हैरानी भी हुई। यह स्मार्ट-सा लड़का शेफाली को कैसे पसंद कर बैठा।

खुश-खुश शेफाली अपनी बदसूरती में भी हसीन लग रही थी।

तुमने मन ही मन मनीष का शुक्रिया अदा किया।

तुमने दोनों को चाय पिलाई।

दोनों के साथ ख़ूब हँसे-बोले।

अपने भीतर एक खलता हुआ खालीपन छुपाए।

यह देखने की कोशिश करते कि मनीष में ऐसा क्या दिखा शेफाली को?

तुम कुछ देख नहीं पाए।

एक सामान्य-सा लड़का—

जो बाक़ी बातों के अलावा उम्र में भी शेफाली से छोटा था।

हालाँकि इस खुशनुमा माहौल में भी तुमने देख लिया था।

मनीष कहीं से शेफाली के लायक नहीं है।

फिर भी तुम्हें लगा, शेफाली खुश है तो ठीक है।

शेफाली खुश थी।

भले ही मनीष के साथ।

शेफाली फिर चली गई थी।

...

तीन दिन बाद उसका फोन आया।

कुछ अनुरोध और याचना के साथ।

तुम हैरान थे, खुश भी—तुम्हें शेफाली की मदद करने का मौक़ा मिल रहा था।

शेफाली ने बताया था, माँ तैयार नहीं है इस शादी के लिए, पापा भी नाराज़ हैं।

तुम कोशिश करो तो शायद दोनों मान जाएँ—उसकी मुलायम आवाज़ में एक मनुहार था।

तुम्हें उम्मीद नहीं थी कि वे मान जाएँगे।

फिर भी शेफाली का मन और मान रखने के लिए तुम उसके घर गए थे।

शेफाली की माँ की आँखें छलछला रही थीं—लड़का उम्र में छोटा है, नौकरी तक नहीं करता।

हालाँकि जो सबसे बड़ा एतराज था, उसका उन्होंने ज़िक्र नहीं किया। लड़का दूसरी जाति का है—ब्राह्मण।

ब्राह्मणों के कट्टर घर में वह अपनी अल्हड़-खिलंदड़ी बेटी देना नहीं चाहतीं।

लेकिन उनकी आवाज़ फिर भी लड़खड़ा रही थी।

वे अपने सारे एतराजों से ज़्यादा वजनी एक और सच्चाई देख रही थीं।

वह सच्चाई जो शेफाली की सूरत और सीरत से बनती थी।

उन्हें पता था, शेफाली ज़िद्दी है।

उन्हें पता था, शेफाली बदसूरत है।

हालाँकि यह वाक्य लिखते हुए तुम्हारे हाथ अब भी सिहर रहे हैं।

तुम लाचार से उठ आए थे, कहते हुए कि शेफाली का मन समझना चाहिए, यह कहते हुए कि उसे कम से कम एक चाहने वाला तो मिला है।

अगले दिन शेफाली आई थी—खुशी से भरी—मम्मी मान गई हैं, कुछ मायूस ज़रूर हैं। पापा ने भी हामी भर दी है।

'तुम जादूगर हो!' वह उत्साह से भरी हुई थी।

तुम्हें मालूम था, यह तुम्हारा जादू नहीं, कुछ और है।

तुम चुप रहे थे।

'जा रही हूँ, अभी बहुत काम है।'

दौड़ती हुई-सी शेफाली चली गई थी।

...

तुम भी चले गए थे।

अपने शहर से बाहर।

इस बीच शेफाली का जन्मदिन आया। तुमने फोन मिलाया, फोन नहीं मिला।

कोई ख़बर नहीं मिली, कुछ पता नहीं चला।

तुम अपनी दुनिया में खोए हुए भी उदास थे।

शेफाली कहाँ है? इतनी ख़ुश है कि तुम्हें तक भूल गई?

कब है उसकी शादी? ऐसा तो हो नहीं सकता कि वह तुम्हें न बुलाए।

तुमने कई दिन इंतज़ार किया—अनमनेपन से, बेसब्री से, कभी-कभी हैरानी से भी।

फोन मिलता था, कोई उठाता नहीं था।

शेफाली कहाँ चली गई थी?

लेकिन शेफाली कहाँ चली जाती?

तुम शहर आए तो वह भी आई।

मगर जो आई वह शेफाली ही थी क्या?

इतनी टूटी, इतनी उदास, इतनी अजनबी।

बोलने के लिए मुँह खोलती थी तो आँखें पहले भरने और फिर झरने लगती थीं।

तुम सन्नाटे में थे।

उसने हिचकियों के बीच बताया।

मनीष धोखेबाज़ निकला। तब तक शादी की बात करता रहा, जब तक शेफाली का परिवार तैयार नहीं था।

जैसे ही शेफाली के पापा उसके घर पहुँचे, मनीष ने बता दिया कि वे दोनों बस दोस्त हैं, इससे ज़्यादा कुछ नहीं।

'वह ऐसा कैसे कह सकता है रोहित? हम बस दोस्त थे, इससे ज़्यादा कुछ नहीं?' उसके आँसू रुक नहीं रहे थे।

तुमने सँभालने की कोशिश की थी।

'जाने दो, तुम्हें और अच्छे लड़के मिलेंगे। वह तुम्हारे लायक नहीं था।'

वह तड़प उठी थी—'हाँ, मुझे मालूम था, वह मेरे लायक नहीं था। लेकिन उसने मेरा होने का वादा किया था! वह वादा जो किसी और ने मुझसे कभी नहीं किया।'

'तुम्हें क्यों किसी और की ज़रूरत है। तुम ख़ुद इतनी समर्थ हो शेफाली।' तुमने उस पुचकारने की कोशिश की थी।

'मुझे मालूम है, मैं समर्थ हूँ। इसी बल पर सोचती थी कि एक नाक़ाबिल लड़के को भी अपने लायक बना लूँगी।' उसकी आवाज़ में जैसे उसकी आत्मा पर बरसों से चढ़ा रहा तकलीफ़ का पलस्तर झरता लग रहा था, 'लेकिन मुझे ये बताओ रोहित, इस समर्थ लड़की को कोई लायक लड़का क्यों नहीं मिला? क्यों सब इसके दोस्त ही बने रहे, दोस्त से ज़्यादा कुछ नहीं?'

तुम्हारे पास बस एक विवश चुप्पी थी। तुम्हें मालूम था, कठघरे में तुम भी हो।

'मैं जानती हूँ, सब जानते हैं, मैं सुंदर नहीं हूँ। मैंने इस असुंदरता से कम लड़ाई नहीं की रोहित! इसी लड़ाई ने मुझे समर्थ बनाया—इस लायक बनाया कि मैं तुम लोगों में से किसी की भी परवाह किए बिना जी सकूँ।'

तुमने कातरता से अपना सिर उठाया और हल्के से हिलाया था। अब भी तुम्हारे पास बोलने को कुछ नहीं था।

'तुम कुछ मत बोलो। बस सुनो, जब अपनी क़ाबिलीयत की आग में मैं सबकुछ जला और सुखा चुकी थी, तब आया ये मनीष। तुम नहीं समझोगे, अब मैं समझती हूँ। वह मेरे क़ाबिल नहीं था। लेकिन उसमें एक क़ाबिलीयत थी। उसने मेरे अकेलेपन को पहचान लिया था। मेरी छाया बनने का भरोसा दिलाया था। मैं इस भरोसे के चंगुल में क्यों आ गई? इसलिए कि और कोई नहीं था जो इतना भी भरोसा दिलाए। लेकिन वह बस एक मर्द था जो मेरे भीतर की एक औरत को शिकार बनाना चाहता था। और उसने बनाया रोहित। मैं बिछती चली गई। वह जब बुलाता, मैं चली जाती। मैं कॉलगर्ल नहीं थी, लेकिन उसने मेरे साथ कुछ वैसा ही सलूक किया!'

शेफाली रो रही थी। लेकिन सन्नाटा उसकी रुलाई से कहीं ज़्यादा बड़ा था। एक सन्नाटा जो लगातार पड़ते घूँसे की तरह तुम्हारी छाती पर बज रहा था।

तुम बैठे रहे थे। शेफाली चली गई थी।

तुम्हें मालूम था, अब वह नहीं लौटेगी।

ब्रेकिंग न्यूज़

विशाल ने बालकनी पर आकर सिगरेट सुलगाने के लिए माचिस की तीली-भर जलाई कि आग का विकराल गोला उठा।

आग की इतनी बड़ी और उछलती हुई गेंद तो उसने पहले कभी नहीं देखी थी।

और इतना ज़ोरदार धमाका भी कभी नहीं सुना था।

पलक झपकते उसे समझ में आ गया कि उसके ठीक सामने की सड़क पर बम फटा है।

अब वह बालकनी में नहीं कमरे में था। हाथ की सिगरेट जाने कहाँ गिर गई थी। 'प्रशांत,' उसने पुकारा। लेकिन तब तक प्रशांत बिल्कुल उसके सामने खड़ा था। उसने भी गोला देखा था, उसने भी धमाका सुना था। उसके हाथ में कैमरा था।

'चल जल्दी', उत्तेजना और सनसनी से विशाल की आवाज़ जैसे थरथरा रही थी।

उसे मालूम था, किसी टीवी रिपोर्टर की ज़िंदगी में ऐसे मौक़े जल्दी नहीं आते।

प्रशांत कुछ हिचका। लेकिन उसे भी मालूम था, जाना पड़ेगा। बम फटा है, चैनल के लिए लाइव मामला है। ऐसे धमाकों में जितना शोरगुल, हंगामा और अफरा-तफ़री सड़क पर होते हैं, उससे कम टीवी चैनलों के न्यूज़रूम और स्टूडियो में नहीं। शॉट भेजने में ज़रा भी देरी हुई तो फोन पर फोन आने लगेंगे—बिना जाने-समझे कि रिपोर्टर या कैमरामैन किस हाल में है। और यहाँ तो मामला बिल्कुल दफ़्तर के सामने का है। दूसरे चैनलों को पहुँचने में समय लगेगा। वह स्पॉट पर पहुँच चुका है।

विशाल ने फिर पुकारा, इधर से प्रशांत। किधर से, प्रशांत की समझ में नहीं आया। विशाल उसे भीड़ के बीच जगह बनाते हुए धमाके के कुछ और क़रीब आने को कह रहा था। पुलिस का सायरन बज रहा था, दमकल वालों की घंटियाँ बज रही थीं, लोगों की चीख़-पुकार सुनाई पड़ रही थी, हर तरफ़ धुआँ था, कहीं-कहीं लपटें भी। तभी एक पुलिस वाले ने उसे खींचा—पीछे हटो, हमें काम करने दो। वह बोलना चाहता था, हम भी काम कर रहे हैं। लेकिन यह सब कहने सुनने की फ़ुरसत किसे थी। विशाल फोन पर लगा हुआ था। चैनल में लाइव फोनो। किसी भी हादसे के बाद पहला तरीका यही है। जब तक आप स्पॉट पर पहुँचें, कैमरामैन तैयार हो, तब तक फोन पर जानकारी दो। 'हाँ, हाँ, जल्दी भेज रहा हूँ। किसी और चैनल का कैमरा अभी तक नहीं है। बस दो मिनट में प्रीरेक अपलिंक करूँगा।' विशाल की आवाज़ में छुपी हुई उत्तेजना हादसे की वजह से थी या लाइव कवरेज का ऐसा एक्सक्लूसिव मौक़ा मिलने की वजह से, प्रशांत ठीक-ठीक समझ नहीं पाया। उसे अचानक विशाल की माँ याद आई। चार दिन पहले आई थी और गपशप में बता रही थी, जब विशाल ऐसे ख़तरे के बीच होता है तो वे लोग बहुत घबरा जाते हैं। बोलते-बोलते अचानक उनकी आवाज़ टूटने लगी थी और आँखों में आँसू-से आ गए थे। वाकई, काम तो रिस्की है, हम इसकी परवाह भी नहीं करते, प्रशांत ने कहा था। उसे याद आया, अक्सर किसी बड़ी घटना के बाद उसके पिता का भी फोन आता है।

'प्रशांत, क्या कर रहा है यार, जल्दी कर।' प्रशांत जैसे किसी सन्नाटे से एक शोर में लौटा और उसने कैमरा रोल करना शुरू किया। विशाल हमेशा की तरह उत्तेजित आवाज़ में बताए जा रहा था कि धमाका कितना बड़ा है, कैसे अगल-बगल के घरों के शीशे चटख गए हैं, कैसे आग का बिल्कुल गोला-सा उठा था और कैसे उसके चारों तरफ़ घायलों और मृतकों का ढेर है।

प्रशांत ने क़ायदे के मुताबिक कैमरा पैन किया—दिखाने के लिए कि चारों तरफ़ माहौल क्या है। कैमरा जब पूरा एक चक्कर काटकर विशाल तक पहुँचा तो अचानक प्रशांत सन्न रह गया। विशाल के ठीक पीछे एक झुलसा हुआ शव पड़ा था। क्या उसमें सिहरन हुई थी? क्या उसकी आख़िरी साँस बाक़ी थी? नहीं, शायद वह शव-भर था जो उसे घूर रहा था। प्रशांत उसे क्लोज़ अप में नहीं ले सकता था। चैनल को ऐसे वीभत्स शॉट नहीं चाहिए जिससे कोई चाय पीता दर्शक चाय छोड़कर उल्टी करने लगे, किसी चुइंगम चबाते शख़्स को उबकाई आने लगे।

प्रशांत ने जल्दी से कैमरा विशाल पर फोकस किया। लेकिन उसकी नज़र से जैसे वह शव हट ही नहीं रहा था। उसे पता नहीं क्यों लग रहा था कि वह ज़िंदा है और उसे फ़ौरन अस्पताल पहुँचाना चाहिए।

विशाल का प्रीरेक पूरा हो चुका था। अब इसे फ़ौरन ऑफ़िस पहुँचकर अपलिंक करना होगा। विशाल ने पूछा, जल्दी से कुछ और शूट कर लें? प्रशांत ने उस शव की तरफ़ इशारा किया। विशाल की तब तक उस पर नज़र नहीं पड़ी थी। वह भी सिहर गया। 'इसे अस्पताल ले जाना चाहिए', प्रशांत बड़ी मुश्किल से बोल पाया। विशाल भी स्तब्ध था, 'प्रशांत, ये मर गया है। मेरे पैर के बिल्कुल पास पड़ा था, मैंने देखा ही नहीं।'

अचानक धमाके की वह जगह उनके लिए एक दृश्य-भर नहीं रह गई थी। वह रोते-चीखते, मदद के लिए पुकारते, भागते-दौड़ते, ख़ून से रँगे लोगों के एक असली हुजूम में बदल गई थी, अचानक वह तरह-तरह की आवाज़ों का एक करुण-कर्कश और असहनीय कोलाज हो गई थी। वहाँ पुलिस वाले पहुँचे हुए थे और वे वह शव हटा रहे थे।

दोनों ने एक-दूसरे को देखा। जो कुछ हो रहा था, उससे एक झटके से उबरने की कोशिश की। आख़िर देश के इस इलाके में ऐसे दृश्य उनके लिए नए नहीं थे। पहले भी उन्होंने लाशें देखी हैं, रोते-छटपटाते लोग देखे हैं, उन्हें कैमरे से शूट किया है, उन पर सबसे पहले ख़बर दी है। अभी उन्हें सबसे पहले दफ़्तर पहुँचना है। इसे अपलिंक करना है।

विशाल का मोबाइल बज रहा था। न्यूज़रूम से फोन था। 11 बजे टॉप पर लेना चाहते हैं—11 बजे का बुलेटिन इसी धमाके की ख़बर से खुलेगा। विशाल ने घड़ी देखी, पौने ग्यारह। यानी 15 मिनट में इसे अपलिंक कर देना है। उसने प्रशांत को इशारा किया, चल, जल्दी से। फिर लौटेंगे। आगे बढ़ते ही फिर एक चेहरे ने दोनों के कदम थाम लिए—यह एक छोटे-से बच्चे का रोता हुआ चेहरा था। लेकिन इस चेहरे पर त्वचा का रंग नहीं था, जैसे किसी ने उसे ख़ून से पेंट कर दिया था। दो क़दम दूर एक स्कूटर लुढ़का पड़ा था, और उफ़...बच्चा दरअसल ज़मीन पर नहीं एक शख्स की पीठ पर बैठा हुआ था जो अपने-आप में कटे-छँटे मांस के लोथड़े और ख़ून में बदला हुआ एक लोंदा रह गया था। 'विशाल, इसे शूट कर लेते हैं,' बोलते-बोलते प्रशांत को लगा कि उसने कोई अश्लील-सी बात कह दी है। पहले तो इस बच्चे को गोद में उठाने की ज़रूरत है। कोई इसके चेहरे का ख़ून पोंछ दे, कोई इसके कपड़े बदल दे, कोई इसकी

रुलाई रोकने के लिए पुचकार दे। लेकिन कौन? जो यह करता, वह तो ख़ुद एक लाश में बदल चुका है। पता नहीं, इतने छोटे-से बच्चे को स्कूटर पर बिठा कर ये आदमी क्यों बाज़ार ले आया था। क्या उस बच्चे ने कोई ज़िद की होगी? क्या वह चॉकलेट, बिस्किट या ब्रेड लेने निकला होगा? क्या इस बच्चे की माँ घर पर झुँझला रही होगी कि बाप-बेटे सुबह-सुबह इतनी देर के लिए कहाँ निकल गए? क्या कोई जानता है, ये कौन हैं?

'रोज़ आते थे ई बाप-बेटा।' बगल में खड़े एक दुबले-पतले, बूढ़े-से आदमी ने कहा। दोनों ने अचानक उसे देखा, 'आप जानते हैं इन लोगों को?'

'जी, घर तो नहीं पता है, लेकिन ऑफ़िस जाने के पहले ई आदमी बच्चा को टॉफी दिला के जाते थे।'

'बच्चे की माँ?'

'उनको भी देखे हैं, कभी-कभी ऊ भी आती थीं। आज नई आईं।'

विशाल और प्रशांत ने अचानक घड़ी देखी। अब और देर नहीं कर सकते। पहले चैनल में अपलिंक करना होगा। विशाल ने प्रशांत को इशारा किया, वह जाकर अपलिंक करके लौटे, तब तक वह इस बच्चे के बारे में कुछ और मालूम करने की कोशिश करता है।

चलने और दौड़ने के बीच लगभग हाँफते हुए प्रशांत सिहरता हुआ इस पूरे वाकये को याद कर रहा था। उसे मालूम था कि टीवी पर इस बच्चे की कहानी बहुत हिट होगी। किसी भी हादसे या धमाके के बाद ऐसे छूटे हुए रोते हुए बच्चे टीवी चैनलों की बड़ी सुर्खियाँ बनते हैं। लेकिन उसके भीतर कोई चीज़ कह रही थी, यह अमानवीय है। बार-बार बच्चे का रोता हुआ चेहरा उसके सामने आ जाता। उसे एक बार लगा, विशाल को वहाँ रुकना ही नहीं चाहिए। बच्चे को लेकर तुरंत अस्पताल जाना चाहिए। वह भी तो घायल है। उसे कुछ राहत पहुँचाने के बाद आप उसकी कहानी कह दें। इसमें क्या मुश्किल है। बस, कुछ देर हो जाएगी। लेकिन चैनल को धमाके की और इस बच्चे की ख़बर इतनी जल्दी क्यों चाहिए?

उसे याद आया, हाल ही में विदेश से आए एक पत्रकार से उसकी मुलाक़ात हुई थी। उस पत्रकार ने बड़ी संजीदगी से कहा था, टीवी चैनलों की यह हड़बड़ी अच्छी नहीं, स्युसाइडल है। उसी से पहली बार प्रशांत को मालूम हुआ था कि वार रिपोर्टिंग के बाक़ायदा नियम बने होते हैं। संकटग्रस्त इलाक़ों के लिए भी क़ायदे होते हैं। फ़ौरन किसी स्पॉट पर पहुँच जाना समझदारी नहीं है। अक्सर

आतंकवादी पहला धमाका भीड़ जुटाने के लिए करते हैं। कई बार एक धमाके के फ़ौरन बाद दूसरा धमाका भी होता है। 'तो हो सकता है, आप ब्रेकिंग न्यूज़ कवर करने जाएँ, और ख़ुद ब्रेकिंग न्यूज़ बन जाएँ। और तुम कैमरामैन हो इसलिए तुमको बता रहा हूँ।' उसने सिगरेट सुलगाते हुए कहा था, 'ऐसे इलाक़ों में सारी रिपोर्टिंग बेसिकली कैमरामैन के सहारे होती है। जबकि उसको जानता कोई नहीं है। रिपोर्टर तो फिर भी हीरो बना रहता है, लेकिन किसी ब्लास्ट के सबसे क़रीब कैमरामैन ही जाता है।'

प्रशांत ने ठंडी साँस ली। वह कैमरामैन है। हालाँकि उसके चैनल में यह मारामारी कम है। विशाल उसका दोस्त भी है। इसलिए वह कुछ छूट ले लेता है। लेकिन यह ख़तरनाक है। अगर बम फट गया तो?

फीड अपलिंक करके उसने न्यूज़ प्रोड्यूसर को फोन कर दिया और कहा कि वह दूसरी फीड के लिए तैयार रहे। विशाल की दी हुई ये हिदायत भी दुहराई कि इस पर एक्सक्लूसिव ज़रूर चलाए। प्रोड्यूसर ने उधर से चुटकी ली थी, अरे प्रशांत साहब, अब आप भी एक्सक्लूसिव भेजने लगे। उसने हँसते हुए जवाब दिया, किस्मत से धमाका दफ़्तर के ठीक सामने हुआ। दूसरे चैनलों को पहुँचने में वक़्त लगेगा।

'किस्मत से।' प्रोड्यूसर ने दुहराया और फिर दोनों ज़ोर से हँस पड़े।

प्रशांत जब स्पॉट पर लौटा तो उसके हाथ-पाँव फूल गए। किस्मत की जगह अब ढेर सारे टीवी चैनलों के कैमरे आ चुके थे और वह जाना-पहचाना मछली बाज़ार बन चुका था जिसमें तमाम चैनलों के कैमरामैन-रिपोर्टर एक-दूसरे को धकियाते, कभी-कभी गाली भी देते, किसी के सामने कैमरा और माइक लगभग ठूँसने की कोशिश कर रहे होते हैं। उसे और विशाल को सबसे ज़्यादा नफ़रत इसी मछली बाज़ार से थी। ऐसे ही मौक़ों पर उन्हें लगता कि उनका पेशा बहुत ही घटिया है और इससे पूरी पत्रकारिता की इज़्ज़त मिट्टी में मिलती है।

लेकिन यह सब सोचने का समय अभी नहीं था। उसे भी इस भीड़ में टूट पड़ना था। कुछ लोगों ने उसे देखकर सिर हिलाया और फिर अपने कैमरे पर आँख गड़ा ली। प्रशांत जैसे ही भीड़ को चीरकर कुछ देखने लायक बना, फिर उसका कलेजा मुँह को आ गया। उस आदमी का छितराया हुआ शव वैसे ही पड़ा था, बच्चा वैसे ही रो रहा था, लेकिन इस बार शव के ऊपर नहीं, एक महिला की गोद में था जो जार-जार रोए जा रही थी। चैनल वाले उस पर

सवालों की बौछार कर रहे थे, ये आदमी आपका कौन है, क्या बच्चा स्कूल जाता है, क्या करती हैं आप? बस एक बार वह कुछ बोल दे। बस एक बार। बस इतना-भर कह दे कि उसकी दुनिया उज़ड़ गई। एक बार आतंकवादियों को कोसे। आतंकवाद की निंदा करे। बस इसी से टीवी चैनलों का काम चल जाएगा।

लेकिन वह बस रोए जा रही थी। टीवी कैमरे उसे शूट किए जा रहे थे। प्रशांत ने बेबसी से विशाल की तरफ़ देखा। फिर उसने चाहा, कैमरा बंद कर दे। यह शोक शूट किए जाने के लिए नहीं है। एक पूरा परिवार उजड़ गया है। इस परिवार की मदद नहीं कर सकते तो इसे अकेला छोड़ दो।

तब तक पुलिस आ गई थी। एक एंबुलेंस भी। उस छितराए हुए शव को उठाया जा रहा था। दो लोग महिला को सहारा देकर वहाँ से हटाने की कोशिश कर रहे थे। बच्चा डरकर या थककर या सहमकर चुप हो गया था, लेकिन औरत का रोना जैसे और तेज़ हो गया था। अब उसके भीतर से जैसे कोई पुरानी बच्ची रो रही थी—बिल्कुल चीखती हुई, बदहवास-सी।

कैमरे वाले किसी दूसरे चेहरे की तलाश में मुड़ गए। इस आपाधापी में अब तक यह समझ में नहीं आया था कि बम फटा कहाँ था और कैसे? अब कैमरे वालों का फोकस उस बूढ़े पर था जो सबकुछ जानने और बताने का दावा कर रहा था—यह वही शख्स था जिसने विशाल और प्रशांत को बताया था कि स्कूटर वाले बाप-बेटे रोज़ आते थे।

उस कमज़ोर-से दिख रहे बूढ़े की फितरत में भी अचानक एक गर्मजोशी आ गई थी। इस गर्मजोशी में शायद धमाके से बच निकलने की राहत भी थी और इस पूरे वाकये का चश्मदीद गवाह होने का उल्लास भी। जैसे उसकी जर्जर देह में बसी उससे भी जर्जर हो चली एक थकी हुई-सी आत्मा के भीतर सोया कोई क़िस्सागो, कोई रिपोर्टर जाग उठा हो। वह बताए जा रहा था—'मैं तो जी, रोज़ यहीं अपनी दुकान लगाता हूँ। सुबह-सुबह आठ बजे आ जाता हूँ। साढ़े दस बज रहे होंगे, जब मैं पानी लेने गया। और अचानक ज़ोर की आवाज़ हुई और मैंने मुड़कर देखा तो मेरा खोमचा तो 12 फुट ऊँचा उड़ता दिखा। मैं तो बच गया जी। बच गया जी।'

सारे कैमरामैन ध्यान से सुन रहे थे। रिपोर्टर भी। कुछ चैनलों के ओबी वैन से लाइव टेलीकास्ट भी जारी था। ऐसे जीवंत बूढ़े मिलते कहाँ हैं जो ऐसे धमाके से बच जाएँ और फिर उसका क़िस्सा सुनाएँ।

अचानक बूढ़ा एक लम्हे के लिए रुका। उसने अगल-बगल देखा और शुरू हो गया, 'आपको पता नहीं चलेगा, मैं बताता हूँ, बम कहाँ फटा है। वो जो स्कूटर वाला था, असल में वो उस फल वाले के सामने था। हाँ, अब दुकान आपको नहीं दिखेगी। वो भी उड़ गई है। बम वहीं रखा हुआ था, वहीं से फटा।'

बूढ़े को लगा, लोग उसकी बात पर यकीन नहीं कर रहे। उसने कहा चलिए आपको दिखाता हूँ। वह तेज़ी से एक तरफ़ बढ़ने लगा। एक बिल्कुल काला पड़ चुका लकड़ियों का ढाँचा गिरा पड़ा था। कैमरे वाले उसे दूर से ही देख रहे थे। कैमरे का फोकस ज़रूर उसका पीछा कर रहा था। बूढ़ा उस काले ढाँचे के भीतर दाखिल हो गया। उसने झुककर कुछ उठाने की कोशिश की...

...लेकिन फिर हुए एक ज़ोरदार धमाके ने जैसे सारा बना-बनाया दृश्य तहस-नहस कर दिया। एक लम्हे को बूढ़ा उछलता दिखा, फिर जैसे आग के गोले में समा गया।

सारे कैमरे पीछे हो चुके थे। सारे रिपोर्टर दहशत से भरे हुए थे। धूल, धुएँ, शोर और भगदड़ के एक रेले में जैसे सबकुछ खो गया। अगले लम्हे यह सब बैठा तो विशाल और प्रशांत ने एक-दूसरे को देखा। ये वे भी हो सकते थे। दोनों के माथे पर पसीना था। इत्तिफाक से धमाके का प्रभाव दूसरी तरफ़ था, रिपोर्टर्स की तरफ़ नहीं। प्रशांत को वह विदेशी पत्रकार याद आया—ब्रेकिंग न्यूज़ बनाते-बनाते ख़ुद ब्रेकिंग न्यूज़ मत हो जाना।

पुलिस का सायरन फिर से गूँजने लगा था। पत्रकारों की टोली अब दूर खड़े होकर तमाशा देख रही थी। विशाल और प्रशांत दफ़्तर पहुँचे। टीवी चल रहा था। उनके चैनल पर अकेली पट्टी आ-जा रही थी—एक धमाके के बाद दूसरा धमाका, एक धमाके के बाद दूसरा धमाका। विशाल को सहसा ख़याल आया-चैनल को इसके आगे की ख़बर चाहिए होगी। उसने ध्यान दिया, उसका फोन लगातार बजे जा रहा था। नंबर देखा तो न्यूज़रूम से था। फोन उठाया तो संपादक की चिड़चिड़ी-सी आवाज़ आई—'फोन क्यों नहीं उठा रहे? अभी तक न फूटेज मिले हैं न पूरी डीटेल। कहाँ मर गए थे?'

मर नहीं गए थे, मर सकते थे। विशाल ने कहा नहीं, बस ठंडी साँस लेते हुए सोचा। फिर ख़बर बताने में लग गया।

एक सरल रेखा की यात्रा

यह शहर अंकिता को अपना नहीं लगता। हालाँकि यही बात जब उसने अपनी सहेली सपना को बताई तो वह हँस पड़ी, 'यार तूने इकोनॉमिक्स क्यों ले लिया। प्रिंसिपल हिंदी ली होती तो ये पंक्तियाँ कविता लिखने के काम आतीं। हुँह। शहर अपना नहीं लगता। कल कहेगी, घर अपना नहीं लगता। और परसों किसी के साथ...।' यही दिक्कत है सपना के साथ। हर बात पर हँस देगी। लेकिन अंकिता हँस नहीं सकी। वह मुस्कराकर रह गई। सच में इकोनॉमिक्स उसका विषय नहीं है। वह हिंदी ही ले लेती तो अच्छा होता। 'ले चल मुझे भुलावा देकर...' गुनगुनाहट उसके होंठों पर चली आई। लेकिन उसने अर्थशास्त्र क्यों ले लिया? शायद...शायद इसलिए कि राकेश ने ले लिया। वैसे राकेश ने यहाँ ऐडमिशन लिया नहीं। कमबख़्त दिल्ली चला गया। उसके बाद एक पत्र तक नहीं दिया है उसने। पता नहीं, कहाँ होगा। अच्छा हुआ, यहाँ नहीं है, वरना उसे ये गीत गुनगुनाते देखता तो भन्नाने लगता, 'अर्थशास्त्र पढ़ना है तो पीगू के सिद्धांतों को रटो, प्रसाद की पंक्तियाँ गुनगुनाने से कुछ नहीं होगा।' एक बात है, हिंदी बड़ी अच्छी बोलता है राकेश।

उफ़। कहाँ से कहाँ चली आती है अंकिता। शहर पर ग़ुस्सा उतारना चाह रही थी, राकेश पर प्यार चला आया। ठीक कहती है सपना। अर्थशास्त्र नहीं, हिंदी विषय है उसका। उस दिन भी ऐडम स्मिथ की किताब ख़रीदने गई थी और मंजूर एहतेशाम का उपन्यास 'सूखा बरगद' उठाकर ले आई। अच्छा उपन्यास है। अरे फिर भटक गई वह! उसे सरिता पूर्ति के यहाँ जाना है और वह भी अकेले। वह रहती भी काफ़ी दूर है—पत्थलकुदवा। मम्मी ऐसे ही घबराती है उस इलाक़े से। उसे पता हो कि अकेली जा रही है तो जाने ही न दे। उसका तो ख़याल होगा कि सपना भी उसके साथ जा रही है। सपना तो हर जगह जाती है

उसके साथ। मगर सरिता पूर्ति का नाम सुनते ही नाक-भौं सिकोड़ने लगती है। बल्कि सिर्फ़ सरिता से ही नहीं, आदिवासी लड़कियों की पूरी जमात से कटती है सपना। कई बार तो उसने अंकिता को भी उनसे दूर रहने की सलाह दी है। लेकिन ऐसा कोई तफ़रक़ा अंकिता के दिमाग़ में आया ही नहीं। उसकी ख़ूब घनिष्ठता रही है सरिता के साथ। उसके गीत, उसका नृत्य, उसकी अदाएँ, सबकुछ उसे बहुत अपीलिंग लगते हैं। 'अँधेरिया रतिया में, कईसे जाएब तोएँ बिना दिया बतिया।'

वह आईने के सामने खड़ी थी। अरे यह बिंदी ग़लत जगह लग गई? ऊँ, हूँ, हम्म, अब ठीक है। उसने आईने में दुबारा देखा—होंठों पर फिर एक मुस्कान थिरकी और भीतर कहीं राकेश चला आया—'सच में अंकिता, तुम बिल्कुल सादे मेकअप में अच्छी लगती हो।' यह बात उसने मद्रास कॉफी हाउस में चम्मच से दोसे का एक सिरा तोड़ते हुए कही थी। मगर उसी के साथ वह कड़वी याद भी जुड़ी है न!

उसे अफ़सोस हुआ। इस बात को वह बार-बार ध्यान में क्यों लाती है? मद्रास कॉफी हाउस से निकलकर जेवियर इंस्टीट्यूट की तरफ़ जाते हुए सर्जना के पास खड़े वे लड़के और उनकी फब्तियाँ—एक जलता हुआ शीशा-सा उनकी कनपटियों के आर-पार हो गया था और सारी सड़क उनकी निगाहों में थरथरा गई थी। राकेश के जबड़े भिंच गए थे। उसे याद है, वे दोनों बड़ी तेज़ी से निकलना चाह रहे थे लेकिन सड़क थी कि बेहद लंबी हो गई थी। बहुत देर बाद ही सहज हो पाए थे दोनों। राकेश फिर भी उदास था।

लेकिन अभी वह क्यों उदास हो गई? उसने पैसे गिनकर पर्स में रखे। 'मम्मी, मैं जा रही हूँ।...जल्दी लौटूँगी...हाँ हाँ अँधेरा होने से पहले लौट आऊँगी।' पैदल चलती हुई मोड़ तक आ गई वह। अभी भी मन भारी है उस घटना की याद से। 'टेंपो?' एक करकश आवाज़ ने उसका ध्यान खींचा। 'हाँ', बुदबुदाती हुई-सी वह टेंपो के एक किनारे दुबक गई। दो और लड़के आगे बैठे हुए थे। शायद टेंपो वाले के मित्र लग रहे थे। फिर एक भारीपन उसके मन को घेरने लगा। पान रँगे होंठ और होंठों पर एक कुत्सित मुस्कान। पता नहीं क्यों, ऐसी स्थिति में उसे बेहद डर लगने लगता है। शायद ऐसे ही अवसर होते हैं जब शहर उसे बेहद अजनबी, शुष्क और ठंडा लगने लगता है। उसे एक साथ मम्मी-पापा याद आ जाते हैं, छोटा भाई आकाश याद आ जाता है, राकेश याद आ जाता है। और सपना—वह तो उसके हर जीवंत अनुभव की साझेदार है। हाँ, सपना भी

इस दबाव को झेलती, महसूस करती है। उसकी सारी चंचलता ऐसे मौक़ों पर एक तरह के चौकन्ने डर में बदल जाती है। लेकिन ये सब चीज़ें दूर तक असर नहीं करतीं उसे।

टेंपो अब ओवर ब्रिज की चढ़ान चढ़ने लगा था। शहर का ये हिस्सा उसे बेहद ख़ूबसूरत लगता है। उसे ध्यान आया, वह बहुत दिनों बाद इधर आ रही है। पता नहीं, सुजाता में इन दिनों कौन-सी फ़िल्म चल रही है। हालाँकि फ़िल्मों में उसकी दिलचस्पी कभी नहीं रही है। वह तो ब्रिटिश लाइब्रेरी से लौटते हुए सुजाता में लगी फ़िल्म का नाम पढ़ने की आदत हो गई। एक लंबा अरसा हो गया उसे सिनेमाहॉल में फ़िल्म देखे हुए। आख़िरी बार उसने मिनी सुजाता में ही उसने 'अर्द्धसत्य' देखी थी। एक बार पूछा था राकेश ने, फ़िल्म चलोगी। लेकिन उन दिनों शहर की स्थिति अच्छी नहीं थी, डोरंडा का इलाक़ा तनावग्रस्त था और मम्मी की सख्त हिदायत थी कि लाइब्रेरी से किताबें निकालकर सीधे घर आ जाना।

टेंपो अब डेली मार्केट क्रॉस कर रहा था। वहीं पर एक बार ट्रैफिक वाले सिपाही से वह उलझ पड़ी थी। साथ में वीणा थी उस दिन। शुरू में तो रौब झाड़ने की कोशिश की थी बेचारे ने, लेकिन बाद में माफ़ी माँगने लगा था। अब फिरायालाल आ रहा है। राइफल लिये अल्बर्ट एक्का की प्रतिमा। सपना कहती है, इसे थोड़ा और ऊँचा होना चाहिए, तब इस चौक की शान थोड़ी और बढ़ जाएगी। आज सपना का साथ न होना उसे खल रहा है। सदर अस्पताल के सामने उसने रिक्शा लिया—'पत्थलकुदवा।' संत जेवियर्स कॉलेज के पास मुड़कर देखने की कोशिश की, शायद कोई परिचित खड़ा हो। एक मुस्कराहट तिर आई उसके होंठों पर, हालाँकि उसने तुरंत उसे समेट लिया। कोई बिना बात के मुस्कराते देखेगा तो क्या कहेगा? सत्य भारती के पास टँगे विशाल बैनर को देखकर वह समझ गई, यहाँ कोई कार्यक्रम हो रहा होगा। एकाध बार यहाँ होने वाले सेमिनार्स में वह राकेश के साथ गई है। उफ़! हर बात पर राकेश! हर याद के साथ राकेश! बहुत सीमित है उसका दायरा भी। लेकिन सच भी तो है, कि राकेश पता नहीं, उसकी ज़िंदगी के कितने छोरों से जुड़ा हुआ है। या उसके दायरों को विस्तार भी उसी ने दिया है। उसी के साथ उसने पहली बार नाटक भी देखे थे। 'आषाढ़ का एक दिन', और 'लहरों के राजहंस'—दोनों बार राकेश ज़बरदस्ती ले गया था। पहली दफ़ा तो लालच था कि जवाहर नगर में रहने वाली अपनी सहेली असावरी से भी मिल लेगी वह। दूसरी बार राकेश की

ज़िद पर चली गई थी। उसे याद है, दोनों नाटकों की नायिकाओं ने उसे प्रभावित किया था।

'तुम इन सब पर लिखती क्यों नहीं, तुम्हारी भाषा तो जानदार है।'—उस दिन राकेश पूछ बैठा था। वह हँस पड़ी—'तुम क्यों नहीं लिखते। तुम भी तो बड़ी अच्छी हिंदी बोलते हो। अच्छा राकेश, एक बात बताओ। विषय तुम्हारा इकोनॉमिक्स, उसी को लेकर तुम ऐंबिशस भी हो, फिर ये नाटक, सेमिनार, संगीत—यहाँ कैसे मन लगता है तुम्हारा?' कोई उत्तर नहीं दिया राकेश ने, सिर्फ़ मुस्कराता रहा। वही परिचित मुस्कराहट जो हमेशा किसी बेतुके सवाल पर उसके होंठों पर खेल जाया करती है। उल्टे उसने सवाल दाग दिया—'तुमने हिंदी क्यों नहीं ली।' 'क्योंकि तुमने नहीं ली।' और दोनों खिलखिलाकर हँस पड़े थे। पत्रकारिता की बात कहीं पीछे छूट गई थी।

'किधर जाना है?' रिक्शे वाले के सवाल ने फिर उसका ध्यान खींचा। 'वो बाएँ से तीसरा मकान। हाँ हाँ, बस।' पर्स से पैसे निकालते हुए उसने देखा, सरिता छत पर खड़ी मुस्करा रही है। 'तेरी क़िस्मत अच्छी है, मिल गई, वर्ना दस मिनट बाद मैं निकलने वाली थी।' एक अजीब-सी महीनी है सरिता की आवाज़ में—लगता है जैसे कहीं से छन-छन कर आ रहे हैं स्वर। सरिता नीचे उतर आई थी—'पूरे छह महीने बाद आ रही है तू। घर खोजने में दिक्कत तो नहीं हुई? याद है, पिछली बार राकेश के साथ आई थी?'

हे भगवान, यहाँ भी चला आया राकेश। वैसे यह बात उसे वाकई याद नहीं थी। पिछली बार जब एक्सआइएसएस में डीसीए में ऐडमिशन का फॉर्म लेने आई थी, तभी वह राकेश को ज़बरदस्ती ले आई थी। बाद में कुढ़ता रहा था राकेश—मुझे ऐसी फालतू सहेलियों के यहाँ मत ले जाया करो। सच में, कभी-कभी राकेश भयंकर पूर्वग्रहों से ग्रस्त लगता है। इस ख़याल से अचानक वह उदास हो गई।

'क्या बात है, ऐसी खोई-खोई क्यों है?'

'अरे नहीं, ऐसी कोई बात नहीं है। दरअसल मम्मी ने जल्दी घर लौटने को कहा है। शहर की हालत अच्छी नहीं है न।'

'हाँ', गंभीर हो गई सरिता, 'झारखंड मुक्ति मोर्चा वालों ने बंद का आह्वान किया है न।'

'अच्छा सरिता, तुझे क्या लगता है, झारखंड बन पाएगा।'

'तू क्या सोचती है, पहले ये तो बता।'

'रहने दे यार, ये सारी बातें बुद्धिजीवियों और नेताओं के लिए। सिर्फ़ वादा कर, झारखंड बनने के बाद हमें भगाएगी नहीं।' हँसने लगी अंकिता। सरिता भी हँस पड़ी—'अरे नहीं, बड़ी अजीब-अजीब बातें फैली हुई हैं आंदोलन के बारे में। तू शायद समझ नहीं सकेगी अंकिता, लेकिन ज़रूरी है यह आंदोलन।'

अंकिता को याद आया, सपना बता रही थी, सरिता पूर्ति आजसू की सक्रिय सदस्य है। शायद यही वजह है कि सपना उससे चिढ़ती है। खैर, उसे फ़र्क़ नहीं पड़ता। सच तो यह है कि ऐसे आंदोलन वाकई उसकी समझ में नहीं आते। उसने बस एक बार पापा और राकेश को बहस करते देखा था। उसने राकेश से पूछा भी था—'तुम झारखंड को सपोर्ट क्यों करते हो राकेश? तुम तो आदिवासी नहीं हो?'

राकेश हँसने लगा था—'ये तुम्हें किसने बताया कि झारखंड सिर्फ़ आदिवासियों का मसला है? सिर्फ़ उन्हें चाहिए?'

'अच्छा राकेश, तुम इस आंदोलन के बारे में...'

'नहीं,' राकेश ने उसे काट दिया था, 'न मेरे पास इतना समय है और न तुम्हारे पास इतनी समझ कि मैं इसे समझा सकूँ और तुम समझ सको।'

सरिता चाय ले आई थी। 'ले तू जल्दी में है न। इसलिए सबसे पहले चाय, और ये रहे तेरे नोट्स।'

'आजसू में तू क्या करती है सरिता?'

राकेश की तरह ही हँसने लगी सरिता—'कोई नौकरी जैसी थोड़े है कि ये करना है या वो करना है। बस, जब जैसी ज़रूरत हुई।'

अपने ही सवाल पर झेंप गई अंकिता। अजीब है वह भी। जो मन में आता है, बिना सोचे-समझे पूछ लेती है।

आधे घंटे बाद दुबारा रिक्शे पर जा रही थी अंकिता। निहारती हुई पुरुलिया रोड की इमारतों को, ढलती और फिसलती हुई धूप की गुनगुनाहट को अपने भीतर उतारती हुई, और यह सोचती हुई कि वह कितना कम जानती है। कितनी सीमित है उसकी दुनिया और कितने सिमटे हुए हैं उसके संदर्भ। उसकी स्मृतियों का वृत्त सिर्फ़ शहर को घेरता है, घर को घेरता है, राकेश और सपना को घेरता है। 'स्मृतियों का वृत्त...', उसे याद आया—यही उपमा उसने एक दिन सपना के सामने रख दी थी और वह आदतन हँस दी थी—'स्मृतियाँ क्या वृत्ताकार होती हैं अंकिता? और याद है, तूने एक कविता में शहर को वृत्त माना है।' अंकिता को याद था—एक वृत्त की तरह फैला है यह शहर, मुझ पर। वह कविता कहीं

छपी नहीं थी, उसने बस एक बार राकेश (फिर राकेश?) को यह कविता दिखाई थी। 'अच्छा अंकिता', उस दिन राकेश बड़े कोमल ढंग से मुस्कराया था, 'तुम चीज़ों को इतना सरल कैसे मान लेती हो?' सरल, मतलब? अंकिता को बात समझ में नहीं आई थी। 'मतलब, मतलब वाकई मैं तुम्हें समझा नहीं पाऊँगा। मतलब ये कि जितनी आसानी से तुम कविताएँ लिख लेती हो, शहर को कभी अपना बना लेती हो, कभी अजनबी करार देती हो...दरअसल तुम बस एक सरल रेखा हो, दो बिंदु चाहिए तुम्हें, पुल की तरह उनके बीच बिछ जाओगी।' अंकिता तब भी समझ नहीं पाई थी। राकेश कविता तो नहीं लिखता, लेकिन भाषा बड़ी काव्यमय हो जाती है उसकी कभी-कभी। राकेश की कोमलता एक उदासी में भी ढल रही थी उस दिन—'तुम इतनी-सीधी क्यों हो अंकिता? ज़रा भी टेढ़ापन नहीं?'

'क्यों, टेढ़ा होना ज़रूरी है क्या?'

अंकिता के इस सवाल पर वह झुँझलाया नहीं था। बस नज़र भरकर उसे देखता-भर रहा था—'हाँ, आज ज़रूरी है। तुम इस दुनिया को और उसके सरोकारों को अपने सीधेपन की वजह से कभी समझ नहीं पाओगी। और हालाँकि मैं कामना नहीं करता, लेकिन जानता हूँ, तुम दुख बहुत पाओगी अंकिता।'

सिहर-सी गई अंकिता। उस दिन राकेश की आँखों में देखते हुए समझ गई थी कि राकेश मज़ाक में यह सब नहीं कह रहा है। पता नहीं क्यों, इस प्रसंग को वह कभी याद नहीं करना चाहती। जब यह बात उसने सपना को बताई तो एक क्षण के लिए वह भी उसे देखती रही थी—'हाँ, सरल रेखा तो तू है लेकिन...' अपने करुण होते स्वरों को उसने थाम लिया था और हँस पड़ी थी, 'लेकिन तू चिंता मत कर। बस कविता लिखा कर। तेरी इकोनॉमिक्स राकेश सँभाल देगा।'

सुधा का फोन

कुछ कहानियाँ कहे जाने की माँग करती हैं, लेकिन ये नहीं बतातीं कि उन्हें कहाँ से शुरू किया जाए। सुधा की कहानी में भी कुछ ऐसा ही है। उसे कई बिंदुओं से शुरू किया जा सकता है। कह सकते हैं कि उसकी एक कहानी में कई कहानियाँ शामिल हैं। या फिर यह भी कह सकते हैं कि शायद ज़िंदगी होती ही ऐसी है—एक साथ कई समानांतर कहानियाँ चलती रहती हैं—उनमें से कुछ उम्र के साथ बदलती रहती हैं और कुछ बिल्कुल नए सिरे से फूट पड़ती हैं। तो ऐसा करते हैं, सुधा की कहानी वहाँ से शुरू करते हैं, जहाँ से वह बननी शुरू हुई।

यानी बिल्कुल स्कूली दिनों से—जब हम दोनों साथ पढ़ा करते थे। दसवीं में साथ पढ़ते हुए गणित की मेरी एक किताब उसके पास रह गई। दरअसल उसके एक चाचा मेरे घर मुझे पढ़ाने आते थे—ट्यूटर के तौर पर। वे मेरी किताब मुझसे माँग ले गए थे। बाद में उन्होंने सुधा को कहा कि वह मुझे क्लासरूम में वापस कर दे। लेकिन ये वे दिन थे (या क्या पता, अब भी स्कूलों में वैसे ही दिन होते हों) जब को-एड यानी लड़के-लड़कियों के साझा स्कूलों में भी दोनों के झुंड अलग-अलग घूमा करते थे। लड़कियाँ लड़कों से कतई बात नहीं करती थीं। लड़के शरारतें कर लिया करते थे, लेकिन उन्हें अपनी सरहदें मालूम थीं। इन दोनों झुंडों में कुछ तेज़ और मुँहफट लड़कियाँ होतीं और कुछ मुँहज़ोर और बेशर्म लड़के जो कभी-कभी किसी बहाने बीच का पुल बना दिया करते, लेकिन बात इससे आगे नहीं जाती। सुधा ऐसी भी नहीं थी—उसके मुँह से तो आवाज़ भी नहीं निकलती थी।

तो सुधा के लिए किताब वापस करना एक मुसीबत बन गया। वह सहमी हुई-सी मुझे देखती कि मैं उससे किताब माँग लूँ तो वह वापस कर दे। लेकिन मैं इंतज़ार करता रहता कि वह किताब लाई हो तो अपनी ओर से मुझे लौटा दे।

माँगने में, तब भी, एक अशालीनता लगती थी—भले ही वह अपनी चीज़ वापस माँगने की बात हो। बहरहाल, तीन दिन सहमी निगाहों और उत्सुक प्रतीक्षा की लुका-छिपी चलती रही। चौथे दिन, मैंने अपना सारा बल जुटाकर पूछा, 'सुधा, मेरी किताब तुम्हारे पास है?' हड़बड़ाई हुई सुधा ने अपने झोले से किताब निकाली, सिर झुकाए हुए उसे वापस किया और तीर की तरह चली गई ताकि न कोई लड़का पूछे न लड़की कि मेरी किताब उसके पास कैसे पहुँच गई।

तीर की तरह निकल गई सुधा फिर लौटी नहीं। हमने 10वीं पास कर ली, कॉलेज चले गए। कॉलेज में भी उन लड़कियों की याद बनी रही जिनके साथ बरसों-बरसों साथ पढ़ाई की, लेकिन बात कभी नहीं की। शायद यही उनका रहस्य था, यही उनका जादू था। फिर कॉलेज भी छूट गया। ज़िंदगी बिल्कुल दूसरे सिरे पर आ चुकी थी, जहाँ से शुरुआतें ख़त्म हो जाती हैं, अंत शुरू हो जाते हैं।

लेकिन एक छोटे-से स्कूल के छोटे-से कमरे की छोटी-छोटी बेंचों के बीच, लड़के-लड़कियों के अलग-अलग झुंडों के बीच, जो सहमी हुई लड़की एक कुछ कम सहमे हुए लड़के को किताब थमाकर तीर की तरह निकल गई थी, वह पूरे 29 साल बाद अचानक तीर की तरह ही चली आई।

इस बार फेसबुक पर, एक मैत्री-अनुरोध की शक्ल में। मैं हैरान था—ये तो वही सुधा है—अपने साथ पढ़ने वाली। मैंने उसके प्रोफाइल पर क्लिक किया—पता चला कि वह एक बैंक में बड़ी अफ़सर है। बरसों से दिल्ली में रह रही है। मुझे तत्काल ख़याल आया—जिन दिनों माँ एम्स में भर्ती थी, उन दिनों भी सुधा यहीं रही होगी। लेकिन समंदर जैसे इस महानगर में दौड़ते-भागते, हाँफते आदमी उनसे तो मिल नहीं पाता जिनका पता होता है, एक लापता दोस्त मुझे कहाँ मिलती। क्या हमने कभी एक-दूसरे को देखा होगा और पहचान नहीं पाए होंगे? या हो सकता है, एक-दूसरे को देखा ही न हो। ऐसा करिश्मा दिल्ली में कैसे हो सकता है? लेकिन कभी दस साल साथ पढ़ चुके दो लोग एक ही शहर में एक-दूसरे से बेख़बर आते-जाते घूमते रहे हों—यह कितनी दिल तोड़ने वाली बात थी—ख़ासकर उन दिनों, जब अपनी गहरी मायूसी के बीच—क्योंकि एम्स के डॉक्टर बता चुके थे कि माँ बचेगी नहीं—मुझे किसी दोस्त की बहुत गहरी ज़रूरत थी।

बहरहाल, सुधा मेरे सामने थी—तस्वीर में वह मुस्करा रही थी—और उसकी बेफ़िक्र मुस्कराहट में मैं उस सहमी हुई लड़की की याद कर रहा था जो

हँसने की भी कोशिश करती थी तो सहम जाती थी। मुझे ख़याल आया कि यह शायद बदले हुए हिंदुस्तान की बदली हुई लड़की है—अपने पेशे में लगी, अपने पाँवों पर खड़ी।

फिर हमारी फोन पर बात हुई—यह एक अनजानी आवाज़ थी जिसमें 29 साल पुरानी अनुगूँजें खोजते हुए मुझे सहसा ख़याल आया कि यह आवाज़ तो क़ायदे से कभी सुनी ही नहीं थी। दसवीं तक साथ पढ़ने वाली सुधा को तभी बोलते सुना था, जब टीचर्स कोई सवाल पूछते, और वह ठहर-ठहरकर इतनी सहमी आवाज़ में जवाब देती कि लगता कि बोलना भी उसके लिए लड़की होने की सरहद पार करना है। 29 साल बाद सुनी इस आवाज़ में भी पुरानी महीनी कायम थी, लेकिन सहमे होने का भाव ग़ायब था। कुछ संकोच अलबत्ता ज़रूर था जो शायद इस बात से पैदा हुआ था कि वह एक ज़माने बाद एक ऐसे शख़्स से बात कर रही है जो एक ज़माने पहले वाली डरी-सहमी लड़की को जानता था। शायद एक उम्रदराज़ होती लड़की अपनी आवाज़ में उस पुरानी लड़की को तलाश रही थी जो एक छोटे-से शहर में छोटे-से स्कूल में पढ़ती थी। फोन के इस तरफ़ जो लड़का था—यानी 45 बरस का पूरा आदमी—यानी मैं—अचानक अपनी आवाज़ के भारीपन से, परेशान हो उठा था। मैं भी अपनी आवाज़ में वह पुराना लड़कपन खोज रहा था जो सुधा नाम की लड़की को उसके बरसों पुराने एक अनजान परिचित की याद दिला पाता। हमने एक-दूसरे का हालचाल लिया, परिवारों के बारे में पूछा। उसने बताया, उसका बेटा टेंथ में है। 'स्वप्न वास्केटबॉल का बहुत अच्छा खिलाड़ी है,' वह अपनी महीन और संयत अंदाज़ में बता रही थी। मुझे बस इतना ख़याल आया, सुधा भी इसी उम्र की थी जब मैं उससे आख़िरी बार मिला था।

इसके बाद सुधा से मेरी मुलाक़ात भी हुई। हम अजनबियों की तरह मिले, लेकिन एक-दूसरे को तुरंत पहचान गए। उसने कहा भी, तुम बदले नहीं हो, कहीं भी दिखते, मैं पहचान लेती। मुझे भी कुछ ऐसा ही लगा, वह कहीं भी मिलती, मैं पहचान लेता।

अगर इन वाक्यों में किसी छूटी हुई रोमानियत की बू आ रही हो तो कृपया माफ़ करें। यह मिलना आत्मीय ज़रूर था, इसमें रोमानी कुछ नहीं था। हमारी इस मुलाक़ात में कई और लोग भी शामिल थे—वास्केटबॉल का बहुत अच्छा खिलाड़ी स्वप्न, यानी उसका बेटा, जिसके बारे में बताते वह थक नहीं रही थी, और स्वप्न के पिता और सुधा के पति विश्वास, जो अपने बारे में बताते थक

नहीं रहे थे। वे एक्सपोर्ट-इंपोर्ट के धंधे में हैं लेकिन ज़्यादा मन नहीं लगता, किताबें भी लिखते हैं, भाषण देते हैं और... 'और बस मौज करते हैं', कंधे उचकाते हुए उन्होंने कहा था।

उस काफ़ी अनौपचारिक माहौल में भी दो चीज़ें लगातार मेरा ध्यान खींच रही थीं—एक तो सुधा का संकोच, जो बहुत दिन बाद अपने एक ऐसे परिचित से, जिसे वह अपना मित्र भी नहीं बता सकती थी, मिलते हुए, संबोधन के बीच बार-बार झलक जा रहा था। फोन पर उसने सारी बातचीत के दौरान तुम का सहज और स्वाभाविक संबोधन इस्तेमाल किया था। लेकिन अब एक खिचड़ी दाढ़ी वाले को सामने पाकर वह तुम और आप के बीच झूलती-सी लग रही थी। इस संकोच से मैंने उसे कुछ ढिठाई के साथ उबार लिया था—'यह आप-आप कब से करने लगी? स्कूल में तो तुम तू-तड़ाक करती थी?' हालाँकि यह कतई सच नहीं था, क्योंकि सुधा के मुँह से तू-तड़ाक तो क्या तुम-आप भी बमुश्किल बाहर आता था। लेकिन इस वाक्य का झूठ पहचानने के बावजूद वह कुछ खिल-सी गई थी—आख़िर उसके 30 साल पुराने सहपाठी ने उसके पति के सामने उसकी नाक कुछ ऊँची कर दी थी। विश्वास साहब भी हो-हो हँसने लगे थे, 'अरे भाई, मुझे भी बहुत डाँटती रहती है।' इस लगातार दूसरे झूठ ने भी सुधा को एक झूठा मान तो दे ही दिया था। यानी मैं और विश्वास साहब—एक मित्र और एक पति—एक लड़की को अपने-अपने झूठ के सहारे दिलासा देने या उसका दिल जीतने की कोशिश कर रहे थे। यह कोशिश दरअसल दोनों की तरफ़ से सुधा को एक छूट थी—कि वह कुछ ज़्यादा अनौपचारिकता और अधिकार के साथ मुझसे पेश आ सकती थी। इसी आश्वस्त भाव से उसने कहा था, 'तुम्हारा खाना बना रही हूँ, घर में बीवी को बोल दो, पुरानी दोस्त मिल गई है, उसके यहाँ से खाना खाकर आऊँगा।'

तो बात चल निकली थी। लेकिन यहाँ सुधा के संकोच के अलावा मुझे एक कारोबारी की तौलती हुई निगाहों का भी सामना करना पड़ रहा था। 'आप तो पत्रकार हैं, ड्रिंक तो चलेगी?' 'इतना अच्छा पत्रकार नहीं हूँ', हँसते हुए मैंने कहा और बताया कि मैं दोस्तों के साथ बैठता तो हूँ, लेकिन पीता नहीं हूँ। 'आप ज़रूर लें, मुझे दिक्कत नहीं होगी।' यह नज़ारा कनखियों से देखती सुधा को मैंने देख लिया था। वह सहज नहीं थी, शायद नहीं चाहती थी कि विश्वास साहब मेरे साथ बैठकर अपने लिए शराब की बोतल खोलें। क्या यह पुराने मध्यवर्गीय संस्कारों का असर था जिसमें शराब पीने वाले शरीफ नहीं माने

जाते? या सुधा को डर था कि दो-चार पेग लगाकर विश्वास साहब ऐसी कोई बात न कह डालें जो हम दोनों के लिए असहज हो?

लेकिन विश्वास साहब ने ऐसा कुछ नहीं कहा। वे सुधा से कहीं ज़्यादा सतर्क थे और लगातार मेरा जायज़ा ले रहे थे। नहीं, उन्हें कतई यह ख़तरा नहीं था कि उनकी बीवी इस पुराने दोस्त के साथ कुछ ज़्यादा क़रीब होगी। सुधा के साथ 25 बरस रहकर उन्होंने जान लिया था कि उसकी सीमाएँ क्या हैं। कुछ सीमाएँ शायद अपनी तरफ़ से भी खींच रखी होंगी। मगर कहीं यह एहसास ज़रूर था कि एक मशहूर न्यूज़ चैनल के और बड़ी-सी गाड़ी से आए इस पत्रकार के सामने उनकी आर्थिक हैसियत भले बड़ी हो, लेकिन सामाजिक हैसियत वह नहीं है। उन्हें इस बात से कुछ राहत पहुँची कि मैं शराब नहीं पीता। शायद इसलिए कि शराब पीने वाला शराब न पीने वाले से बड़ा या ज़्यादा दबंग माना जाता है।

बहरहाल, कुल मिलाकर यह अच्छी शाम रही। जब डिनर निबट गया तो सुधा के चेहरे पर एक सरल राहत चली आई। गाड़ी स्टार्ट करते हुए हमने फिर से मिलने का वादा किया और विश्वास साहब कार के शीशे पर लगे PRESS को कुछ चुभती हुई नज़रों से निहारते रहे।

इसके बाद सुधा से और भी बातें होती रहीं। स्कूल के दूसरे दोस्तों को भी मैंने बताया कि सुधा से भेंट हुई। सब हैरान थे—यह गुमसुम-ग़ायब लड़की कहाँ से चली आई? फोन पर सुधा उत्साह से छलकती मिलती—फिर बताती हुई कि स्वप्न वास्केटबॉल खेलने कहाँ जा रहा है और इस बार जूनियर टीम में तो उसका सलेक्शन ज़रूर हो जाएगा। अब पुराना संकोच जाता रहा था और वह आधिकारपूर्वक—लगभग इठलाती हुई—गप करती। एक दिन उसने कहा कि सच्चे मायनों में मैं ही उसका इकलौता दोस्त हूँ। फिर कोई ग़लतफ़हमी न हो, इसलिए साफ़ भी किया कि बाक़ी सारे दोस्त तो विश्वास साहब की मार्फत बने हैं, उनकी पत्नियों से दोस्ती हो गई। 'एक्सपोर्ट-इंपोर्ट में बहुत तरह के लोग मिलते हैं। लेकिन सबसे तुम दोस्ती नहीं कर सकते। विश्वास साहब भी बोलते हैं कि तुम्हारा दोस्त सबसे अलग है।' उसने कुछ हँसते हुए बताया था—इस इशारे के साथ कि किशोर साहब की नज़र में उसकी वैल्यू कुछ बढ़ गई है।

हम धीरे-धीरे फोन पर घनिष्ठ होते जा रहे थे। हमारे बीच कई बार बात हुई कि फिर मुलाक़ात हो, परिवार सहित बैठें, लेकिन मिलना कभी नहीं हुआ। इसके बावजूद अचानक मुझे एक दोस्त मिल गई थी—ऐसी दोस्त, जिससे मैं

बड़ी सहजता से अपने बारे में बात कर सकता था। हमारे बीच बहुत सारे गुज़रे बरस थे जिनका कोई बोझ हमारी स्मृति पर नहीं था। हम दोनों पुराने दोस्तों को याद करते। मुझे अपनी क्लास के एक-एक लड़के और लड़की का नाम याद था, लेकिन उसने बताया कि उसे पाँच लड़कियों के अलावा कुछ गिने-चुने लड़कों के नाम ही याद हैं। 'तुम्हारा नाम याद था इसलिए तुम्हें फ्रेंड रिक्वेस्ट भेज दी थी।' उसने हँसते हुए कहा था। दरअसल यह बात मेरी समझ में बाद में आई कि नौकरी करने और इतने बरसों से दिल्ली में रहने के बावजूद उसके मूल तंतु नहीं बदले हैं—वह वही सुधा है, वह चुप्पा-सी लड़की जो कुछ बोलती नहीं थी और जब बोलती थी तो बोलने से ज़्यादा घबराती थी। उसने यह भी बताया कि दरअसल फेसबुक में वह ऐसे ही चली आई। उसकी बेटी ने उसके नाम का अकाउंट बनाया और जब स्कूल का नाम डाला तो फ्रेंड सजेशन में मेरा नाम चला आया। उसने भेज तो दिया लेकिन भेजकर घबरा गई थी।

'मुझे तो यह भी पता नहीं था कि तुम दिल्ली में पत्रकार हो।' उसने बाद में बताया था। धीरे-धीरे हमारे बीच एक वर्तमान बनने लगा था। मिलना नहीं के बराबर लेकिन फोन पर अक्सर बात। उसने बताया नहीं, लेकिन मैं समझ गया कि विश्वास साहब इन दिनों ज़्यादा कुछ करते-वरते नहीं हैं। देश और समाज को सुधारने के नाम पर कोई एनजीओ बनाया है और कहीं न कहीं राजनीति में जाने की इच्छा भी रखते हैं। यहाँ अपनी बीवी का अचानक मिला दोस्त उनके लिए उपयोगी हो सकता था। लेकिन शायद एक मर्दाना संकोच था जिसकी वजह से उन्होंने अपने इस नए शौक की चर्चा मुझसे कभी नहीं की।

'तुम आम आदमी पार्टी में किसी को जानते हो?' अचानक एक दिन फोन पर सुधा ने पूछा। मैं हँसने लगा, 'क्यों तुम्हें चुनाव लड़ना है?'

वह भी हँसने लगी, लेकिन कुछ फीकी हँसी—'मुझे नहीं, लेकिन मेरे किसी परिचित को।'

लेकिन मेरे दिमाग़ में ख़तरे की घंटी बज चुकी थी। हो न हो, यह विश्वास साहब की चाहत होगी। मैंने सुधा को बताया कि मेरा किसी आम आदमी पार्टी वाले से कोई परिचय नहीं है।

'लेकिन तुमने मेरे हसबैंड को बताया था कि योगेंद्र यादव तुम्हारे दोस्त हैं? तुम उनके घर भी गए हो कई बार?'

मैं बिल्कुल क्लीन बोल्ड था। तो मिस्टर विश्वास उस दिन की बातचीत में इस बात का ख़याल रख रहे थे। लेकिन मैंने हथियार नहीं डाले। 'हाँ, बरसों

पहले दो-एक बार गया था। परिचय है, लेकिन दोस्ती का दावा नहीं कर सकता।' मैंने कन्नी काट ली।

'हूँ', कहकर वह भी चुप हो गई थी। उसे अपनी दोस्ती की हदें भी मालूम थीं और शायद शालीनता के तकाज़े भी। शायद उसे यह भी लगा कि मेरी एक बार की मनाही के बाद उसे योगेंद्र यादव का ज़िक्र करने की ज़रूरत नहीं थी।

अचानक हम दोनों ख़ामोश हो गए थे। जैसे आपस में बोले गए उस पहले झूठ की चट्टान हमारे बीच आ खड़ी हो गई हो। हम दोनों ने फिर तेज़ी से बात बढ़ाई, लेकिन यह वह हवा की तरह होने वाली बात नहीं थी जो हमारे बीच इन दिनों हुआ नहीं, बहा करती थी। हमने दुबारा बात करने का वादा कर फोन रख दिया।

लेकिन यह पहली बार हुआ था जब हमारी बातचीत अचानक ठिठकी हो। यह बात भी मेरे लिए मायूस करने वाली थी। क्या उसे मुझसे कहना चाहिए था? या मुझे उससे झूठ बोलना चाहिए था? या अगर उसने आम आदमी पार्टी के भीतर मेरा कोई परिचय खोजने की कोशिश की तो इसमें ग़लत क्या था? क्या इस तरह की हल्की-फुल्की मदद आम नहीं है? और इसमें मदद जैसा क्या है? क्या यह मेरी अतिरिक्त सतर्कता है जिसने मुझे अचानक झूठ बोलने पर मज़बूर कर दिया? या कहीं मेरे भीतर उसके पति को लेकर कोई ईर्ष्या भाव है जिसकी वजह से मैंने उसकी मदद करना ज़रूरी नहीं समझा?

इतने सारे सवालों के बीच सही सवाल चुनने और जवाब देने की जहमत बड़ी थी इसलिए मैं इसे भूल गया। लेकिन मेरा अटकना शायद वह नहीं भूली थी। दिल्ली में चुनाव हो चुके थे और आम आदमी पार्टी के टिकट पर अप्रत्याशित ढंग से 28 नए चेहरे चुनकर आ चुके थे।

लेकिन इस दौरान न हमारी मुलाक़ात हुई न फोन पर बात हुई। वह अप्रत्याशित ढंग से मुझे दिल्ली के पुस्तक मेले में मिली। यह मुलाक़ात मेरे लिए अप्रत्याशित ज़रूर थी लेकिन उसके लिए अनायास नहीं थी। मैंने फेसबुक पर अपनी एक किताब के लोकार्पण की सूचना डाली थी और मित्रों से आग्रह किया था कि वे आएँ। सुधा और विश्वास उसे ही देखकर आए थे।

लेकिन दोनों को वहाँ पहुँचने में देर हो गई थी। कार्यक्रम ख़त्म हो चुका था और भीड़ छँट चुकी थी। लेकिन मुझे यह भी अच्छा ही लगा। चलो कम से कम उस दिन के अनबोले के बाद अचानक यह मुलाक़ात तो हुई।

'सुधा, यू आर ग्रेट, दोस्त का हमेशा ख़याल रखती हो।'

सुधा ने कुछ कहा नहीं, बस मुस्करा दी और मेरी किताब मेरे हाथ से लेकर देखने लगी। फिर धीरे-से उसने मुझे बधाई दी। मुझे इस अनायास मुलाक़ात में ख़याल नहीं आया कि चुप्पी का एक काँटा हमारे-उसके नए बने रिश्तों के बीच चुभा हुआ है। मैंने उलाहने वाले अंदाज़ में कहा—'बस, फॉर्मल बधाई? अरे चलो पार्टी करते हैं।'

'नहीं-नहीं, हम लोगों को निकलना है। घर पर अम्मा जी अकेली हैं। स्वप्न भी बाहर गया हुआ है।' सुधा ने तत्काल कहा। बातचीत का टूटा हुआ सिरा विश्वास साहब ने सँभाला, 'क्या है भई, सुधा तो आने को तैयार ही नहीं थी, मैं इसे लेकर आया हूँ।'

सुधा ने कुछ आहत अंदाज़ में उनकी ओर देखा, लेकिन फ़ौरन सफाई देने लगी, 'अरे नहीं, मेरी तबीयत थोड़ी ढीली थी, बस इसलिए। सोचा था फोन कर दूँगी।'

एक टी स्टॉल पर कुछ औपचारिक गपशप के बाद हम सब अपने-अपने रास्ते चल दिए थे। लेकिन मैंने तय किया था कि अगले दिन सुधा को फोन करूँगा।

अगले दिन बात हुई। इस बार मैंने तय किया था कि सुधा से सीधे पूछूँगा। वह शनिवार का दिन था और उसका बैंक बंद था। 'सुधा, तुम नाराज़ हो मुझसे?' सुधा को शायद इतने दो टूक सवाल की उम्मीद नहीं थी। उसने पहले इस सवाल से बचने की कोशिश की। यह ईमानदारी उसमें थी कि वह अपनी नाराज़गी अगर जताए नहीं तो झूठ के मुलम्मे से उसे छुपाए भी नहीं। लेकिन टालते-टालते वह सुबकने लगी।

मैं उसके सुबकने से स्तब्ध था—'सुधा, हुआ क्या है? अरे मैंने ऐसा क्या कह दिया?'

सुबकियाँ थमने के बाद जो कुछ उसने बताया, उससे यह समझ में आया कि उस दिन उसने विश्वास साहब के दबाव में फोन किया था। उसका कहना था, विश्वास साहब को जो भी पॉलिटिक्स करनी हो, अपने बूते करें। उसके नए बने दोस्त को उसमें शामिल न करें।

'अरे, इसमें इतना तूल देने की बात क्या है? तुमने ही मुझसे बात कर ली तो क्या बुरा किया? या विश्वास साहब ही कर लेते तो क्या ग़लत हो जाता? दोस्त हो यार तुम दोनों।' मैंने मामले को हल्का बनाने की गरज से कहा।

'मामला बात करने न करने का नहीं है सुहास।' वह कुछ झुँझला सी गई—'तुम समझो। विश्वास साहब कारोबारी आदमी हैं। समझते हैं, हर चीज़ पैसे या

दबाव से मिल जाएगी। तुमसे भी वो यही कहने वाले थे। कुछ लाख चंदा देने को तैयार थे और तुम्हें ये इशारा करते कि अगर तुम कुछ पैसे रख लो तो उसका भी बुरा नहीं मानेंगे।'

मैं हँसने लगा था। मैंने कहा, 'तुम उन्हें यह भी आजमा लेने देती। उन्हें पता चल जाता कि सबकुछ बिकाऊ नहीं होता है। तुम क्यों टेंशन लेने लगी?'

'नहीं', उसने सिर झटक दिया—'तुम मेरे अलग तरह के दोस्त हो। तुमसे किसी और तरह का रिश्ता—ऐसा कारोबारी या स्वार्थ का—मुझे मंजूर नहीं है।'

'यह कैसी दोस्ती हुई कि हम एक-दूसरे के काम ही न आ सकें?' मेरी कोशिश बात को हल्का कर ख़त्म करने की थी।

लेकिन सुधा बात हल्की करने को तैयार नहीं थी। 'तुम फिर नहीं समझोगे। यह काम आना, मदद करना, यह तो सबसे चलता रहता है। तुम इतने साल बाद मिले हो तो इसलिए नहीं कि तुमसे कोई काम लूँ। तुम नहीं मिलते तब भी तो हमारा काम चल ही रहा था न। तुमसे बात करते हुए अचानक मैं हल्की हो जाती हूँ। इसलिए नहीं कि तुम कोई बड़ी अच्छी-अच्छी बात बोलते हो। बस इसलिए कि...' वह कारण टटोलने लगी थी, '...शायद इसलिए कि तुम बहुत पुराने परिचित हो, लेकिन बिल्कुल नए हो। हमारे बीच कुछ नहीं है—न कोई स्वार्थ न कोई शिकायत न कोई डर न कोई अनजानापन। तुमसे बात करते हुए जैसे मैं आईने से बात करती हूँ।'

अब मैं चुप था। इस मामूली-सी बैंक की अफ़सर के भीतर यह महसूस करने लायक जज़्बा और उसे बताने लायक सलीका होगा, यह मैंने सोचा नहीं था। हालाँकि मुझे सोचना चाहिए था—ठीक जिस वजह से सुधा मुझसे बातचीत करती थी, उसी वजह से तो मैं भी उसे दोस्त मानता था—अतीत से निकली ऐसी पहचान जिस पर वर्तमान की धूल-मिट्टी नहीं है।

'देखो कब तक चलता है यह सब'—क्या सब, यह मैंने नहीं पूछा, लेकिन समझ गया—शायद वह हमारे नए बने रिश्ते के बारे में कह रही थी और उस पर पड़ रहे पहले दबाव के बारे में।

उसके बाद कई दिन तक मेरी उससे बात नहीं हुई। एकाध बार फोन किया तो वह हाँ हूँ करती रही। विश्वास जी की राजनीतिक उड़ान के बारे में पूछा तो उसने बात करने की अनिच्छा जता दी। यह समझ में ज़रूर आया कि विश्वास साहब ने उसे एक-दो बार यह ताना भी दिया कि तुम्हारा दोस्त सिर्फ़ गप करके तुम्हारा वक़्त ही जाया करता है या फिर किसी काम लायक भी है।

लेकिन धीरे-धीरे मैं समझ रहा था कि विश्वास साहब का आहत अहं हमारे और सुधा के बीच खड़ा है। उन्हें शायद इस बात का मलाल नहीं था कि राजनीति में उनके आने में मैंने कोई मदद नहीं की, बस इस बात का मलाल था कि उनकी पत्नी ने अपने दोस्त पर अपने उस अधिकार का इस्तेमाल नहीं किया जो वह कर सकती थी। दरअसल इसका एक मतलब यह था कि पत्नी ने उनकी ज़रूरत पर अपनी इच्छा को ज़्यादा अहमियत दी—या दोस्त के साथ अपने रिश्ते को ज़्यादा महत्त्वपूर्ण माना।

वजह जो भी रही हो, लेकिन मुझे लगा कि अब कुछ दिन मुझे सुधा को फोन नहीं करना चाहिए। शायद एक फ़ासला पैदा होगा तो चीज़ें सामान्य होंगी।

लेकिन एक दिन अपने इनबॉक्स में मुझे एक लंबा-सा मेसेज मिला—सुधा का—'सुहास, बुरा मत मानना, अब तुमसे बात नहीं हो पाएगी। ये मत समझना कि विश्वास मेरी और तुम्हारी दोस्ती नापसंद करते हैं। लेकिन कहीं कुछ इस दोस्ती में है जिससे वे अपने को छोटा महसूस करते हैं। शादी के 20 बरसों में पहली बार शायद मैं उनकी पकड़ से आज़ाद हुई। पहली बार ऐसा दोस्त बनाया जो सिर्फ़ मेरा था, या मेरी मार्फत हमारी ज़िंदगी में आया था, पहली बार उस दोस्त को वह नहीं कहा जो विश्वास चाहते थे कि मैं कहूँ। मेरी यही आज़ादी शायद उन्हें खल रही है। कुछ कहते नहीं हैं, लेकिन सब कुछ कहने की ज़रूरत नहीं पड़ती।

सुहास, मेरे सामने बहुत रास्ते नहीं हैं। ठीक है कि नौकरी करती हूँ। लेकिन जीने का अभ्यास ऐसा हो गया है कि विश्वास जिधर ले जाना चाहते हैं, उधर ही चली जाती हूँ। इस अभ्यास को अब छोड़ नहीं सकती। छोड़ना उसको पड़ेगा जिसकी वजह से ये नए हालात बने हैं।

मैं अपना फेसबुक प्रोफाइल बंद कर रही हूँ। वैसे भी मुझे न इसका शौक है न इसकी फुरसत। स्वप्न के करिअर पर सारा ज़ोर लगाऊँगी। उसे एक बड़ा खिलाड़ी बनाऊँगी। लेकिन यह ज़रूर कहूँगी कि बेटा, अपनी पत्नी को उसके पुराने दोस्तों से वंचित मत करना। या उसमें दखल मत देना।

अभी रो रही हूँ। लेकिन ऐसे ही ज़िंदगी कटी है। मुझे फोन मत करना। ज़रूरत पड़ी तो मैं ही करूँगी।'

देखें, अब कब आता है सुधा का फोन।

घर चले गंगाजी !

गंगाजी बेहद मामूली आदमी हैं—इतने मामूली कि उनकी कहानी नहीं बन सकती।

इसके बावजूद मैं उनकी कहानी लिखने बैठा हूँ।

क्या यह मेरा दुस्साहस है? एक लेखक के भीतर छुपा यह अभिमान कि वह बेहद सामान्य लोगों के भीतर छुपे विशिष्ट अनुभवों को पकड़कर एक अच्छी कहानी लिख सकता है?

या यह मेरा सयानापन है? कई बड़े लेखकों को पढ़कर हासिल हुआ यह सयानापन कि अगर आप शिल्प को ठीक से साध सकें और जीवन को उसमें बाँध सकें तो एक सामान्य-सी दिखने वाली चीज़ से भी एक बड़ी कहानी बना सकते हैं?

हो सकता है, मेरे इस प्रयत्न में दोनों बातें शामिल हों। लेकिन ज़्यादा सच्ची और ईमानदार बात यह है कि गंगाजी से मिलने के बाद कुछ ऐसा था जिसकी वजह से मैं देर तक सोचता रहा और इस नतीजे तक पहुँचा कि बिना कहानी लिखे यह समझना मुश्किल होगा कि गंगाजी ने क्यों मेरे भीतर कुछ ऐसा छू लिया जिसकी वजह से एक छूटी हुई विधा मुझे फिर याद आ गई।

यानी यह कहानी आपसे ज़्यादा मैं अपने लिए लिख रहा हूँ। गंगाजी हमारे पास रोज़ आते हैं, फिर भी अदृश्य रहते हैं। यह उनकी खूबी नहीं, हमारी कमज़ोरी है। हम बहुत सारी चीज़ें देखते हैं, दुनिया-भर की ख़बर जुटाते हैं, लेकिन मेज़ और कंप्यूटर के पार आते-जाते, चाय पिलाते गंगाजी हमें नज़र नहीं आते। यह सिलसिला छह साल से जारी है।

गंगाजी को मैं छह साल से जानता हूँ—या कहना चाहिए, जानता नहीं देखता रहा हूँ। वे हमें चाय पिलाया करते हैं। वे हमारे दफ़्तर के किचेन के स्थायी स्टाफ हैं।

छह साल पहले जब मैं इस दफ़्तर में दाखिल हुआ तो लगातार काम करने के तनाव के बीच अचानक दोपहर तीन बजे के आसपास आई एक चाय मुझे कुछ राहत दे गई। ख़ास लोगों के चेहरे भूल जाने वाला मैं चाय देने वाले इस चेहरे को तब याद नहीं रख सका। लेकिन धीरे-धीरे गंगाजी एक परिचित चेहरा और नाम हो गए। जब वे एक बड़ी-सी ट्रे में 20-25 कप चाय लिए हॉल में दाखिल होते तो हर तरफ़ उनकी आवाज़ लग जाती—'गंगाजी, इधर भी, अरे गंगाजी इधर भी।'

गंगाजी अपनी विनम्र मैथिली भीगी हिंदी में सारे सर जी को हाँ-हाँ करते हुए चाय बाँटते रहते। लेकिन चाय वाले से ज़्यादा बड़ी पहचान गंगाजी की तब तक नहीं बन सकी—एक ऐसे शख्स की पहचान, जो आता है तो भाप उड़ाती चाय लाता है और फिर हमारी स्मृति से भी भाप की ही तरह ग़ायब हो जाता है।

लेकिन उस दिन चाय बाँटते-बाँटते गंगाजी ठहर गए। न्यूज़ रूम में लगे टीवी चैनलों में एक पर उनकी नज़र चिपक गई, 'ये बाबरी मस्जिद है न सरजी?'

यह 6 दिसंबर था। चैनलों पर बाबरी की बरसी चल रही थी—मंदिर और मस्जिद के बीच की वह राजनीति, जो बड़ी जल्दी इतिहास हो गई।

मैं 6 दिसंबर, 1992 के बाद भारतीय समाज में आए बदलावों पर एक पैकेज लिखने की सोच रहा था—कैसे बाबरी मस्जिद की टूटन सारे देश की टूटन में बदलती चली गई, कैसे बाबरी मस्जिद की वजह से मुंबई में दंगे हुए और फिर धमाके, कैसे आतंकवाद इस देश की दिनचर्या का हिस्सा हो गया। मैंने उड़ती हुई नज़र डाली, और मुस्कराते हुए गंगाजी के सामान्य ज्ञान का हौसला बढ़ाने की कोशिश की—'अरे गंगाजी, आपको तो ठीक-ठाक जानकारी है।'

'काहे नहीं होगी सरजी, बाबरी मस्जिद के चलते तो हमको बंगलौर छोड़ना पड़ा।'

अचानक मैं ठहर गया। कंप्यूटर की स्क्रीन पर टिकी मेरी निगाह हैरानी से गंगाजी का चेहरा टटोलने लगी। बाबरी मस्जिद की वजह से हमें तो कुछ छोड़ना नहीं पड़ा? फिर ये गंगाजी तो मुसलमान भी नहीं हैं। फिर इनका नुकसान क्या हुआ।

सवाल पूछने की ज़रूरत नहीं पड़ी। गंगाजी ख़ुद बताने लगे। 'बंगलौर में हम पान की दुकान लगाते थे सर—एक बड़े होटल में। होटल मुसलमान का था। बदमाश लोग आकर होटल जला गए, सब लूट ले गए। हमारी पान की दुकान भी नहीं बची।'

'कोई मुआवजा नहीं मिला? दुबारा नहीं खोली दुकान?'

'इतना आसान थोड़े होता है सरजी। मुआवजा भी बड़ा लोग को मिलता है। हम जिसको बताते कि मेरा भी नुकसान हुआ है, वही हँसता। मुसलमान के खिलाफ दंगे में हिंदू को मुआवजा कैसे मिलेगा।'

अचानक मेरी समाजशास्त्रीय दिलचस्पी जाग उठी। मैंने एक दरार पकड़नी चाही। पूछा, 'यानी आपको हिंदू होने के चलते मुआवजा नहीं मिला, मुसलमान होते तो मिल जाता।'

लेकिन इस मोड़ पर गंगाजी मुझसे ज़्यादा खरे निकले। बोले, 'हिंदू-मुसलमान का मामला नहीं है सरजी। बहुत तरह की मुसीबत है। ग़रीब आदमी की सुनने वाला कोई नहीं होता है। फिर हम बिहारी—बंगलौर में सबको ऐसे ही गड़ते थे। पुलिस वाला पान खा के चला जाता था, पैसा माँगते थे तो बोलता था, कन्नड़ बोलो। किसी से कंप्लेन करो तो हँसता था, बोलता था, कावेरी का पानी पीना है तो कन्नड़ बोलना होगा।'

मैं हैरान था। देख रहा था, गंगाराम को, जिन्हें अपनी हैसियत, अपनी हकीकत मालूम थी। वे बाबरी मस्जिद के नतीजों पर मेरे शोध और अध्ययन से कहीं ज़्यादा प्रामाणिक राय रखते थे।

यह अलग बात है कि यह राय उनके पूरे वजूद की तरह उनके ही भीतर कहीं अदृश्य थी। गंगाजी अपनी खाली ट्रे घुमाते, मुस्कराते हुए चले गए। शायद कुछ कृतज्ञ भी कि इस दफ़्तर के एक आदमी ने छह साल बाद ही सही, उनसे इतनी देर बात तो की।

उस शाम बाबरी मस्जिद को निबटाकर, कुछ संतुष्ट-सा मैं घर के लिए निकला तो फिर गंगाजी पर नज़र पर पड़ गई। वे भी शायद निकलने वाले थे। अचानक मैंने कुछ बेतकल्लुफ़ी से पूछ लिया, 'क्या गंगाजी, घर चले।'

गंगाजी कुछ खुश से हो गए, 'हाँ सरजी,' फिर अचानक सकुचाते हुए उन्होंने पूछा, 'आपके साथ चलें सर, मदर डेयरी के पास उतर जाएँगे?'

मैंने फ़ौरन उनकी बात मान ली। एक अपनी सहज आत्मीयता की वजह से, दूसरे, शायद इसलिए भी कि गंगाजी की कहानी में मेरी दिलचस्पी जाग गई थी। आख़िर यह मैथिल मानुस बंगलौर कहाँ पहुँच गया था। और फिर दिल्ली के इस शानदार दफ़्तर में कैसे चला आया।

'आपकी उम्र क्या होगी गंगाजी?' मैंने गाड़ी पार्किंग से बाहर निकालते हुए पूछा।

'सब लोग बहुत कम समझते हैं सरजी, लेकिन 35 पार तो होगा ही।' कुछ उत्साह के साथ गंगाजी ने कहा।

'अच्छा!' मुझे भी हैरानी हुई। मैं भी उन्हें 25-30 के आसपास का मानता था।

'हाँ सरजी, जिस साल इंदिरा गाँधी मरी थी, उस साल हम दसवीं का इम्तहान दिए थे।'

'अच्छा, आपने दसवीं कर रखी है।'

'अरे नहीं, सरजी, दसवीं में फेल हो गए तो घर से भाग गए।' कार के अँधेरे में भी गंगाजी की आवाज़ में छुपा पछतावा जैसे चमक रहा था।

'भाग क्यों गए? पढ़ने में मन नहीं लगता था?' मुझे इससे बेहतर दूसरा सवाल सूझा ही नहीं।

'नहीं सरजी, स्कूल में बहुत परेशानी था। मास्टर आता नहीं था। आता था तो किताब-कॉपी नहीं होने पर मारता था। किताब-कॉपी के लिए पैसा माँगो तो पिताजी मारते थे। किसी तरह दसवीं तक पहुँच गए। फेल होने के बाद डर से भाग गए।'

'कहाँ भागे थे?'

'दरभंगा से। पहले बस पकड़ के पटना आए। पटना में दो दिन भटकते रहे। फिर राँची में एक चाचाजी थे। उनके पास चले आए।'

'चाचाजी ने समझाकर भेजा नहीं।'

'नहीं, चाचाजी के साथ ही काम करने लगे। वैशाली कॉपी बेचते थे। राँची वीमेंस कॉलेज के सामने। अच्छा भी लगता था।'

'फिर?'

'मेरी किस्मत भी ख़राब है सरजी। एक दिन पुलिस पकड़कर ले गई।'

'क्यों?'

गंगाजी चुप हो गए। फीकी-सी हँसी के साथ। फिर बातचीत का छूटा हुआ सिरा पकड़ा।

'एक दिन खूब पानी बरस रहा था। लड़की लोग कॉलेज से निकलीं और भीगने से बचने के लिए मेरी गुमटी के नीचे खड़ी हो गईं। वहीं कुछ लड़का लोग भी चला आया। कुछ बदमाशी हुई और मेरा नाम लग गया। पुलिस वाले सबके सामने झापड़ मारते ले गए। जबकि मेरी कोई ग़लती नहीं थी।'

'अच्छा?' अब मुझे सहानुभूति होने लगी थी।

'अगले दिन चाचाजी पैसा देकर छुड़ा लिंए। लेकिन सबकी नज़र से उतर गए थे। वो भी काम से हटा दिए।'

'उसके बाद क्या किया?'

'बहुत काम किए सरजी। वीमेंस कॉलेज के पास ही एक दोस्त बन गया था। वो एक फैक्टरी में लगवा दिया। बोएलर तक चलाए। लेकिन एक दिन इंस्पेक्टर आया और बोला कि इसकी उम्र 18 साल से कम है। ये बोएलर नहीं चलाएगा। मालिक ने फिर निकाल दिया।'

गंगाजी का गंतव्य आ चुका था। मुस्कराते हुए वे उतर गए—'थैंक्यू सरजी।'

मैं कार बढ़ाता गंगाजी की कहानी पर सोचता रहा। 40 पार की अपनी उम्र में मेरा किसी हादसे से वास्ता क्यों नहीं पड़ा। न पुलिस पकड़कर ले गई, न गुंडों ने दुकान जलाई, न किसी इंस्पेक्टर ने नौकरी से निकलवाया। ये गंगाजी की किस्मत का मामला है या इसका वास्ता कुछ हालात से भी है? गंगाजी की उस हैसियत से, जो उन्हें कमज़ोर और कातर बनाती है, एक ऐसा आदमी जिसे पुलिस बिना कसूर झापड़ मारती हुई ले जा सकती है?

अगले कई दिन गंगाजी से भेंट नहीं हुई। फिर एक दिन मिल गए। वे भी खुश हो गए, मैं भी। उन्हें घर पहुँचने की जल्दी थी, मुझे उनकी छूटी हुई कहानी पूरी करने की हड़बड़ी। कार में कोई अच्छा-सा गाना चल रहा था। मैंने माहौल हल्का करते हुए पूछा, गंगाजी, सिनेमा देखते हैं कि नहीं?'

गंगाजी हँसने लगे, 'अब तो सरजी, बहुत साल से नहीं देखे। लेकिन 10-15 साल पहले अनिल कपूर और शाहरुख खान का कोई सिनेमा छोड़ते नहीं थे। तब बंबई में थे।'

मैं फिर हैरान हो गया, दिल्ली और बंगलौर ही नहीं, मुंबई भी हो आए हैं गंगाजी।

'अरे, आप मुंबई कैसे पहुँच गए?'

'मुकद्दर जहाँ ले गया, चले गए सरजी।'

'आप भी एकदम मिस्टर इंडिया हैं?'

मैंने अनिल कपूर की ही फ़िल्म से बात जोड़ने की कोशिश की।

'अरे नहीं, सरजी, कुछ नहीं हैं।' उन्हें अपनी हैसियत का पूरा अंदाज़ा था।

'राँची छोड़ने के बाद हम एक दोस्त के साथ बंबई चले गए। शुरू में बहुत मारामारी था। कई तरह का काम किए। लेकिन कोई दो दिन चला, कोई चार दिन। फिर एक पेट्रोल पंप पर लग गए।'

'मुंबई में तो आपको किसी ने तंग नहीं किया न?' मैंने कुरेदना चाहा।

'बंबई में तो जो बीमारी मिली, अब तक नहीं गई सर।'

'मतलब?' मेरी समझ में आया कि मैंने उनकी कहीं ज़्यादा दुखती रग पर हाथ रख दिया है।

लेकिन इसके बाद मेरी चुप्पी में भी छुपा हुआ सवाल गंगाजी ने पढ़ लिया था।

'पेट्रोल पंप पर हम दिन-भर रहते। शुरू में ठीक लगा। लगा कि पेट्रोल भरने का सीधा-सादा काम है। अच्छा भी लगने लगा। उसी समय इतवार को नाइट शो देखने की आदत पड़ गई थी। बंगलौर और दिल्ली तक सिनेमा देखते रहे।'

'फिर मुंबई क्यों छोड़ दी।'

'दिक्कत धीरे-धीरे समझ में आती है सरजी। 18 घंटे पेट्रोल भरते थे। पेट्रोल की गंध अच्छी नहीं लगने लगी। खूब खाँसी आती थी। बहुत बीमार पड़ गए। एक बार तो लगा कि साँस नहीं ले पाऊँगा सरजी। डॉक्टर ने चेक किया तो बोला पेट्रोल से एलर्जी है, ये काम मत करो।'

'तो छोड़ दिया आपने।'

'इतना आसान थोड़े था। पेट्रोल पंप का मालिक समझाता रहा कि मुँह-नाक पर पट्टी बाँध के करो। जब हम ज़बरदस्ती छोड़ दिए तो मेरा महीना-भर का पैसा भी नहीं दिया। तभी से बीमारी लग गई। एक बार खाँसना शुरू करते हैं तो लगता है जान नहीं बचेगी।'

'फिर वहाँ से कैसे निकले?'

'वहीं मिला एक दोस्त, जो बंगलौर भेजा। उसका दूर का चाचा एक कंट्रैक्टर का मैनेजर था। होटल बनवाने में वही लगा हुआ था। वहीं पान की गुमटी खोलके बैठ गए। और जब होटल बना तो हमको पान की दुकान खोलने का मौक़ा मिल गया।'

'ये बात कब की थी।'

'1991 की, जब राजीव गाँधी मरे थे। साल-भर ठीक से कटा। फिर वही बाबरी का झगड़ा में दुकान चला गया। लगा कि सब देख लिए, दिल्ली चलते हैं। यहाँ दरभंगा से बहुत लोग मजदूरी करने आ गया था। हम बोले, हम भी कर लेते हैं।'

'इस कंपनी में कैसे आ गए।'

'बस, किस्मत अच्छी थी सर। एक फर्नीचर वाले के साथ काम करते थे। उनका कुर्सी टेबल चढ़ाने-उतारने, लगाने का काम था। एक बार यहाँ भी आए।

बहुत भारी टेबुल था। उठा रहे थे कि साँस उखड़ गई। खाँसते-खाँसते हालत ख़राब। उस समय ये ऑफ़िस बहुत छोटा था। सब लोग जमा हो गया। मालकिन भी। बाद में जब पता चला कि हमको साँस की बीमारी है तो बोलीं, इसको यहाँ किचेन में रख लो। तब से हम यही हैं। 14 साल हो गया सर।'

'अब तो लाइफ़ सेट हो गई?'

'हाँ सरजी, अब तो बहुत आराम है। अब तो आठ हजार मिलता है।'

'एकदम सरकारी नौकरी। नहीं?'

'हाँ सरजी, हमको तो कोई नौकरी मिलनी नहीं थी। हम छोटी जाति के हैं न। हर जगह ब्राह्मन-राजपूत लोग बैठा है। बोलता था, अब तो मंडल कमीशन लागू है, ले लो सरकार से नौकरी। और सरकार के पास नौकरी है तो पता नहीं किसके लिए है।'

मैंने उनकी जाति जाननी चाही। लेकिन संकोच में पड़ गया। वैसे मन ही मन इस उदारीकरण का शुक्रिया अदा किया, जिसने गंगाजी जैसे आदमी के लिए भी गुंजाइश निकाली। मंडल और कमंडल दोनों की मार झेल चुके इस शख़्स को भूमंडलीकरण ने ही जगह दी।

लेकिन गंगाजी इतने आश्वस्त नहीं थे।

'वैसे एक बात है सरजी, जब कंपनी छोटी थी तब बहुत अच्छी थी। एक-एक आदमी का ख़याल रखती। लेकिन जैसे-जैसे बड़ी होती गई, सबका सुर बदल गया है। पुराना लोग तो फिर भी कुछ इज़्ज़त करता है, नया लोग बहुत बदतमीजी से बात करता है।'

'अच्छा?' मुझे याद आया, अक्सर दफ़्तर में शिकायत होती कि किचेन वालों से चाय लाने को कहो तो वक़्त पर कभी नहीं लाते।

मेरे कुछ कहे बिना गंगाजी समझ गए। उन्हें पता था कि मैं किस तरफ़ हूँ। उन्होंने बिना पूछे कैफियत दे डाली, 'देखिए सरजी, पहले डेढ़ सौ लोग थे, हम तीन लोग मिलके सबकी ज़रूरत पूरी कर देते। अब हजार लोग हैं, और हम लोग बस छह लोग हैं। दौड़ते-दौड़ते हालत ख़राब हो जाती है। फिर कंट्रैक्टर पूछता है कि इतना चाय किसको पिला देते हो। जब चाय और कॉफी की मशीन लगी है तो तुम क्यों सबको चाय पिलाते रहते हो।'

उनकी बात मेरी समझ में आ रही थी। लेकिन गंगाजी का असली सवाल बचा हुआ था, 'सरजी, अब तो सुन रहे हैं, छँटनी भी होगी। नौकरी बचेगी कि नहीं?'

'अरे नहीं, गंगाजी, आप इतने पुराने हैं, आपको कौन छुएगा,' मैंने तुरंत कहा, हालाँकि अपनी बात के प्रति मैं ख़ुद आश्वस्त नहीं था। ये मालूम था कि कंपनी ऊपर-नीचे, नए-पुराने हर किसी का जायजा ले रही है। घाटा काफ़ी ज़्यादा है और सैलरी को 'रैशनलाइज़' करना है। ऐसी हालत में कुछ लोगों को जाना होगा। देखा जा रहा है कि कहाँ-कहाँ कितने लोगों के बिना काम चल सकता है। कौन-कौन लोग फालतू हैं, या कंपनी पर बोझ हैं।

मुश्किल यह है कि हर महकमे में ऐसे लोगों की सूची बनाने वाले वे लोग थे जिनकी वजह से कंपनी का यह हाल हुआ। इसलिए किस पर किस वजह से तलवार गिरेगी, किसी को नहीं पता था। फिर भी मुझे लगा, गंगाजी जैसे पुराने आदमी को निकालकर कंपनी कितना पैसा बचा लेगी। इसलिए मैं मान रहा था कि उनका कुछ नहीं होगा।

फिर दो महीने बीत गए। अनिश्चितता के तार तनते गए और एक दिन टूट गए। हमारे सेक्शन से आठ लोगों को बाहर किया गया था। पूरे दफ़्तर से बाहर होने वालों की सूची 50 के आसपास थी।

दफ़्तर में सन्नाटा था। मेरे भीतर और ज़्यादा। खाने-पीने की इच्छा जैसे मर गई थी। जैसे घर में लाशें पड़ी हों।

शाम तक सिर बुरी तरह दुखने लगा था। मन अब तक ठीक नहीं हुआ था। आम तौर पर मैं किचेन वालों को चाय के लिए नहीं बोलता। लेकिन मैंने फोन मिलाया। उठाने वाले की आवाज़ नहीं पहचान सका। मैंने पूछा, 'गंगाजी ?'

'गंगाजी तो चले गए। उनकी छुट्टी हो गई है।'

'अच्छा ?' मुझे जैसे झटका लगा था, इस गिरी हुई लाश की ख़बर क्यों नहीं मिली ? इन दिनों उनका ख़याल मुझे आया तक क्यों नहीं ? मैंने धीरे-से फोन रख दिया। तय किया, अब चाय नहीं पीऊँगा।

गंगाजी को आठ हजार मिलते थे। उदारीकरण ने दिए थे। लेकिन उदारीकरण को उनकी हैसियत मालूम थी। जब तक चाय पिलाने का काम चलता रहा, गंगाजी चलते रहे। जब मशीनें लग गईं, गंगाजी को बाहर कर दिया।

मेरी कहानी अधूरी छूट गई।

रात 10 बजे मैं दफ़्तर से निकला। पार्किंग में आने से पहले कोने की तरफ़ देखा, जहाँ गंगाजी खड़े रहते थे, मेरी राह देखते और संकोच से पूछते, 'आपके साथ चलें सर ?'

वह जगह खाली थी। मैं अकेले निकला। सड़क के आख़िरी सिरे पर पेट्रोल पंप था।

मैंने हमेशा की तरह कार पंप के आगे लगा दी।

अचानक मैं चिहुँक गया। मुँह पर पट्टी बाँधे एक आदमी पेट्रोल भर रहा था।

वही आदमी, जो दरभंगा में दसवीं में फेल करके भागा, राँची में पुलिस के हाथों पिटा, मुंबई में पेट्रोल से खाँसता परेशान रहा, उसने बेंगलुरु में अपनी पानी दुकान जलती देखी और फिर दिल्ली में 14-15 साल की नौकरी के बाद एक रात निकाल दिया।

वह आदमी मुझे सलाम कर रहा था, 'सरजी, देखिएगा कुछ हो सके तो। अभी तो यहाँ लग गए हैं।...'

गंगाजी से आँख मिलाते मुझे मुश्किल हो रही थी। साँस लेना भारी हो गया था। लगा, उनकी बीमारी मेरे भीतर उतर आई है।

गंगाजी की कहानी अब मैं यहीं छोड़ रहा हूँ।

इस उम्मीद में कि कभी इस कहानी में कुछ अच्छे मोड़ आएँगे।

उठते क्यों नहीं कासिम भाई?

मुर्गे की तेज़ बाँग से अकचकाकर उठे कासिम भाई। कमबख़्त इस महानगर में कब से बोलने लगा मुर्गा। आदतन घड़ी पर नज़र पड़ी—अरे, वो भी सुबह के साढ़े आठ बजे? फ़ौरन माज़रा समझ में आ गया। मुर्गा नहीं, उनका मोबाइल बोला था। कमबख़्त उनके छोटे बेटे ने चुपके से उनके मोबाइल पर अपनी पसंदीदा रिंग टोन लगा दी थी। सातवीं में पढ़ता है और मोबाइल कंप्यूटर के कल-पुर्जे से लेकर प्रोग्राम तक ऐसे जोड़ता बदलता है जैसे अम्मी की कोख से सीखकर निकला हो।

मुर्गा अब भी बोल रहा था। कासिम मियाँ को सहसा समझ में आया कि कमबख़्त ये तो फोन है जो बज रहा है। कौन कमबख़्त इस वक़्त फोन कर रहा है। उन्होंने झपटकर फोन उठाया और नंबर देखते ही उनके होश उड़ गए। किसी ऐरे-गैरे ने नहीं, जिस ग्रेट इंडिया टीवी में वे काम करते हैं, उसके मैनेजिंग एडिटर ने फोन किया है। उनकी आवाज़ में हड़बड़ी के साथ हकलाहट भी चली आई—'जी सर, जी सर, रात देर से सोया था..।'

लेकिन उनसे ज़्यादा हड़बड़ी और हकलाहट दूसरी तरफ़ थी, 'सलीम भाई, नहीं, कासिम भाई, फ़ौरन ऑफ़िस पहुँचिए, ओबामा मारा गया है।'

होश उड़ गए कासिम भाई के। ओबामा या बुश? कहीं बॉस हड़बड़ी में ग़लत नाम तो नहीं ले बैठे? कमबख़्त मरना तो बुश को चाहिए था, ओबामा बेचारा क्यों मारा गया? अमेरिका का राष्ट्रपति होना उसका गुनाह हो गया?

खैर, जल्दी-जल्दी मुँह पर छींटे मारते और तहमद की जगह पैंट-शर्ट चढ़ाते उन्होंने बाएँ हाथ से रिमोट कंट्रोल उठाया और टीवी चलाया। जैसे ही परदे पर तस्वीर उभरी, शर्ट के बटन लगाते उनके हाथ थम गए। ये तो ख़बर ही कुछ और है। बॉस ने ग़लती की लेकिन ओबामा और बुश वाली नहीं, ओबामा

और ओसामा वाली। ओसामा मारा गया है। कहाँ? कैसे? एक नई तरह की सनसनी उनके जिस्म में दौड़ गई। ये क्या किया अमेरिका ने। दस साल बाद खोजकर निकाल ही लिया। और कमबख़्त ये भी कहाँ छुपा था? दुनिया समझती रही कि किसी जंगल, किसी गुफ़ा में होगा और ये कमबख़्त ऐबटाबाद में ऐश करता रहा? ये पाकिस्तानी भी साले कम हरामी नहीं होते। ओबामा से पेमेंट लेते रहे और ओसामा को छुपाए रखा।

बहरहाल, ऑफ़िस पहुँच गए कासिम भाई। वे वहाँ गेस्ट कॉर्डिनेशन का काम देखते हैं। यानी टीवी पर बहस के लिए मेहमानों को बुलाते हैं।

पूरे ऑफ़िस में यही सवाल थे, यही सनसनी थी, यही माहौल था। ख़बर पर ख़बर आ रही थी। कैसे हेलीकॉप्टर आए, कैसे नेवी सील के कमांडो उतरे और कैसे ओसामा मारा गया?

और इसी बीच आई एक और ख़बर। ओसामा की लाश भी नहीं छोड़ी अमेरिकियों ने। उसे गहरे समंदर में दफ़न कर दिया। बिल्कुल इस्लामी तौर-तरीकों से।

'कासिम भाई, क्या ऐसा भी होता है? क्या इस्लाम में समंदर में भी दफ़नाने का रिवाज है?'

कासिम भाई के पास फिर कोई जवाब नहीं था। वे मुसलमान ज़रूर थे, लेकिन इस्लामी रीति-रिवाजों के कोई बड़े जानकार नहीं थे। बस चलन से जो देख लिया, वही समझा दिया करते थे। उन्हें अपने परिवार, पास-पड़ोस, आसपास, देश-दुनिया में कोई याद नहीं आया जिसे इस तरह इस्लामी रिवाज के नाम पर समंदर में दफ़न कर दिया गया हो।

'नहीं तो, ऐसा तो कोई इस्लामी रिवाज नहीं है...' बोलते-बोलते अचानक सहम-से गए कासिम भाई। कहीं उन्हें अमेरिका विरोधी और ओसामा का हमदर्द न समझ लिया जाए। कमबख़्त मुसलमान होने की यही मुश्किल है। इस चैनल में साले या तो पूछते हैं कि उर्दू शब्दों में कहाँ नुक्ता लगता है, या फिर ईद, बकरीद और शबे बारात में क्या फ़र्क़ होता है, कैसे मय्यत होती है, कैसे मुर्दा दफ़नाया जाता है।

किसी ने खोजकर निकाला कि पुरानी समुद्री यात्राओं के दौरान किसी की मौत हो जाने पर लाशों को समंदर में फेंक देने का रिवाज था, क्योंकि उन्हें महीनों तक सुरक्षित नहीं रखा जा सकता।

लेकिन कमबख़्त ये इस्लामी रिवाज कैसे हो गया? जो भी समंदर के सफ़र

में मारा जाता होगा, ऐसे ही फेंक दिया जाता होगा? लेकिन ये सवाल भी किससे पूछते कासिम भाई।

'कासिम भाई, फोन क्यों नहीं उठा रहे हैं?' झुँझलाए हुए रमेश कुमार आए। रमेश कुमार चैनल में ऐंकर हैं—मुसलमानों का मुद्दा उन्हें कुछ ज़्यादा लुभाता है। कासिम भाई ने हड़बड़ी में देखा, वाकई फोन बज रहा था। घर से निकलते मुर्गे की बाँग की जगह जल्दी में कुछ बदल लिया था और पहचान नहीं पाए कि उनकी मेज़ के पास पड़ा उन्हीं का फोन बज रहा है।

'जल्दी से दो-तीन एक्सपर्ट बुलाइए जो बताएँगे कि ओसामा की मौत के बाद मुसलमानों का एलियिनेशन बढ़ेगा या घटेगा। अलक़ायदा की ताक़त बढ़ेगी या घटेगी?'

कासिम भाई का जी हुआ कि बोलें कि हिंदुस्तान के मुसलमानों को कमबख़्त ओसामा से क्यों जोड़ते हैं। लेकिन हिम्मत नहीं पड़ी। सबका हिसाब पक्का है। फ़ौरन बताने लगते कि भारत में जो धमाके हुए, वे कैसे लश्कर के स्लीपिंग सेल ने कराए, और लश्कर पाकिस्तान में बैठा है जहाँ तालिबान और अलक़ायदा से उसकी दोस्ती है।

'और हाँ, याद रखिएगा, जो गेस्ट आएँ, वे दाढ़ी वाले मुसलमान हों, यानी ऐसे नहीं जो मुसलमान न दिखते हों।'

रमेश कुमार के साथ सब हो-हो करके हँसने लगे। कासिम भाई भी ही-ही करते रहे। ख़ुद न उन्होंने दाढ़ी बढ़ाई न टोपी पहनी, उनके बहुत सारे दोस्तों के दाढ़ी-टोपी नहीं हैं, लेकिन इन्हें दाढ़ी-टोपी वाला मुसलमान चाहिए—ताकि वे दिखा सकें कि देखो ये मुसलमान है और ओसामा पर क्या बोल रहा है।

लेकिन कासिम भाई ने ख़ुद से सवाल किया—तुझे इतनी झल्लाहट क्यों हो रही है। आख़िर मसला मुसलमानों का है और टीवी चैनल पर आना है तो इन सब बातों का ख़याल तो रखना ही होगा।

लेकिन कुछ ऐसा था कि कासिम भाई ख़ुद को ओसामा के ज़िक्र से बचाने लगे। ओसामा की मौत से उन्हें तकलीफ़ न थी। उसकी वजह से दुनिया-भर के मुसलमान बदनाम हुए। मुसलमान को सब आतंकवादी समझने लगे। लेकिन ओसामा को बनाया किसने था? मुसलमान को बदनाम किसने किया? फिर जिसे ख़ुद बनाया, उसे मारा क्यों? वो भी एक दूसरे मुल्क में घुसकर? जितने लोगों को ओसामा ने मारा, उससे कम लोग बुश और अमेरिका की वजह से

नहीं मरे। लेकिन अमेरिका को कौन सज़ा देगा? अमेरिका ने तो अफगानिस्तान और इराक पर भी हमला किया। वहाँ बेगुनाह लोग नहीं मरे? सद्दाम हुसैन को तो उसने फाँसी पर लटका दिया। बुश को कौन लटकाएगा? और अमेरिका का यही रवैया रहा तो वो कुछ भी कर सकता है। कल को वो किसी बहाने हिंदुस्तान पर टूट पड़े तो?

मगर यह सब बोलते तो सबको उनकी मुस्लिम पहचान याद आ जाती। इसलिए चुप रहे और अपने काम में जुटे रहे। एक्सपर्ट आते, मुंडी हिलाते हुए पाकिस्तान और अमेरिका के रिश्तों पर बात करते और चले जाते।

शाम को स्नैक्स के लिए कैंटीन पहुँचे तो एक गर्मजोशी भरी आवाज़ ने पुकारा, 'अरे कासिम भाई, ये जवाहिरी कहाँ छुपा हुआ है? कहीं आपके जामिया नगर में तो नहीं? अमेरिका वहाँ भी बम मारेगा।'

सनाका खा गए कासिम भाई। लोग इस तरह भी सोच सकते हैं, उन्होंने सोचा भी नहीं था। लेकिन फिर किसने सोचा था कि ओसामा ऐबटाबाद के महफ़ूज़ इलाके में छुपा होगा। जवाहिरी अगर हिंदुस्तान में चला ही आया होगा तो कौन जानता होगा। जैसा पाकिस्तान वैसा हिंदुस्तान। जैसे ढीले वहाँ के हुक्मरान वैसे ढीले यहाँ के हुक्मरान। जैसी हताशाएँ वहाँ, वैसी यहाँ। हो सकता है, यहाँ भी किसी महफ़ूज़ इलाके में छुपा हो जवाहिरी। ये ख़याल उन्होंने मज़हर से साझा किया तो वो ठठाकर हँस पड़े। फ़ौरन जुटा ली भीड़, 'सुनिए, सुनिए, क्या कह रहे हैं कासिम भाई। कहीं जामियानगर में न छुपा हो जवाहिरी।'

'फिर मुल्ला उमर चाँदनी चौक में छुपा होगा।' किसी के इस ताने पर ठहाका और तेज़ हो गया।

कासिम भाई तय नहीं कर पाए कि इसे राहत की तरह लें या मुसीबत की तरह। उन्होंने तय किया कि इस ख़याल को दिमाग़ से निकाल बाहर करेंगे। यह भी तय किया कि कमबख़्त ओसामा की बात किसी से नहीं करेंगे।

लेकिन बात थी कि ख़त्म होती नहीं थी। ख़याल था कि दिल से जाता नहीं था। जैसे कोई सूई चुभी हो, जवाहिरी का ख़ौफ़ उनके दिमाग़ में बैठ गया था।

इस ख़ौफ़ की एक वजह भी थी। महज तीन साल पहले उनका जाना-पहचाना मुहल्ला एक सुबह अचानक अजनबी हो उठा था। जामियानगर की सुबह की गहमागहमी फौज़ी बूटों के तले दब गई थी और सब सहमे-सहमे-से अपनी खिड़कियों से देख रहे थे, या अल्ला, ये पुलिस वाले धड़ाधड़ कहाँ उतर रहे हैं।

वे उतरे और एल-18 में चले गए। सीढ़ियों पर उनके धपाधप चढ़ने की आवाज़ आने लगी।

इसके बाद वे कुछ देख नहीं पाए थे। घबराई हुई बीवी उन्हें खिड़की से खींचकर कमरे में ले गई थी और उसने खिड़की बंद कर दी थी।

अगले दो घंटे तक कुछ समझ में नहीं आया था। बीच-बीच में सिर्फ़ गोलियों की आवाज़ सुनाई देती रही थी।

टीवी देखकर समझ में आया कि उनके पड़ोस के बटला हाउस में आतंकवादी छुपे थे जिन्होंने एक पुलिस अफ़सर को भी मार गिराया। पुलिस वालों ने दो आतंकवादियों को मार दिया, जबकि दो फरार हैं।

कासिम भाई सन्न थे। और उनकी बीवी तो थर-थर काँप रही थी। उसने टीवी पर देखा था, पुलिस दो-तीन आतंकवादियों को सीढ़ियों पर उतार रही थी। चैनल वालों ने आतंकवादियों के चेहरों पर गोल घेरा बना रखा था।

'अल्ला, ये तो सैफ़ है...अपना सैफ़।' वे बड़बड़ाईं। घबराए हुए कासिम भाई ने देखा, गया में रह रहे उनके चचाजाद भाई का बेटा था जो पड़ोस में रहकर पढ़ाई कर रहा था।

'अल्ला, क्या ये भी आतंकवादी है?'

कुछ भी बोलने की हालत में नहीं रह गए थे कासिम भाई। टीवी चीख-चीखकर बता रहा था कि पुलिस ने आतंकवादियों को पकड़ा है। एक पुलिस अफ़सर का मारा जाना बता रहा था कि वाकई ये मासूम लड़के नहीं थे। इसके बावजूद कासिम भाई का दिल गवाही नहीं दे रहा था। वो इन बच्चों को रोज़ गली में आते-जाते देखते रहे हैं, दुकान पर सौदा लेते और हँसते-खिलखिलाते भी।

'एक दिन उसने पूछा था, आंटी कोई ट्यूशन पढ़ने वाला है।' उनकी बीवी थरथराती हुई बता रही थीं।

'किसी और को ये बात मत बताना।' सिहर-से गए कासिम भाई।

धीरे-धीरे सामने आ रही थी कहानी। या कहानियाँ। एक-दूसरे को काटती हुईं। टीवी कुछ बता रहे थे, पड़ोस के लोग कुछ बता रहे थे, हर जगह सनसनी थी, हर जगह सवाल थे।

धीरे-धीरे कई धागे जोड़कर एक सिलसिला बना पाए कासिम भाई। ये सच है कि बटला हाउस में जो लड़के थे, उनमें कोई एक दहशतगर्दों से मिला हुआ होगा। लेकिन बाक़ी तो बेख़बर और मासूम थे। एक तो दो दिन पहले ही

आया था। सबसे अहम बात ये थी कि इस पूरे वाकये में पूरा मोहल्ला जामियानगर बदनाम हो गया। बल्कि पूरा एक शहर—यानी आजमगढ़—हालाँकि उनका उससे कोई वास्ता नहीं था, वे ख़ुद तो गया के थे।

बाद में यह भी पता चला कि टीवी चैनल सीढ़ियों पर उतर रहे जो आतंकवादी दिखा रहे थे, वे असल में आतंकवादी नहीं थे। पुलिस ने बिल्डिंग खाली कराई थी और लड़कों को लेकर उतर रही थी। उसने उन्हें दो घंटे की पूछताछ के बाद छोड़ दिया। लेकिन आतंकवादी खोजने निकले टीवी चैनलों को ये लड़के दिख गए। बस वे बन गए आतंकवादी। टीवी चैनलों के दफ़्तर जाकर इन लोगों को नारे लगाने पड़े तब जाकर इन लड़कों की तस्वीर हटाई गई। कासिम भाई ने राहत की साँस ली कि उनका भतीजा सैफ आतंकवादी नहीं निकला।

लेकिन इससे क्या हुआ। टीवी चैनल वालों ने तो उसे आतंकवादी बना डाला है। इस वाकये को चार साल हो गए हैं। लेकिन अब भी टीवी चैनल जामिया के आतंकवादियों को दिखाते हैं तो उन्हीं मासूम लड़कों को दिखाते हैं। अब तो जामिया एनकाउंटर बोलने पर उन्हीं की तस्वीर याद आती है। शुरू के दो साल लोग चैनलों के दफ़्तर जाते रहे, चैनल वाले माफी माँगकर उन्हें हटाते रहे, लेकिन हर छह महीने, साल-भर बाद वे फिर से दिखाई पड़ जाते। दरअसल टीवी चैनल से जुड़े होने के नाते कासिम भाई समझ गए कि वे शॉट आर्काइव में चले गए हैं जहाँ से डिलिट नहीं हो पा रहे। जब भी किसी को जामिया मुठभेड़ के शॉट चाहिए होते हैं, वह बेख़बरी में उन्हें ही निकाल लेता है, क्योंकि सबसे पहले शॉट वही हैं। उन्होंने लंबी साँस ली, बेचारे मुसलमान, बेमतलब आतंकवादी बनाए जा रहे हैं।

'कासिम भाई, फोन क्यों नहीं उठा रहे?' साथ काम करने वाली सुनीता दौड़ी-दौड़ी आई। 'तबीयत ठीक तो है?' कासिम भाई ने हैरानी से देखा, सुनीता के दो मिस कॉल पड़े थे। फिर भी राहत की साँस ली कि बॉस का नहीं है।

'कहाँ खोए हुए हैं आप? थक गए हैं क्या? रात को नींद पूरी नहीं हुई थी?'

कासिम भाई खिसियानी-सी हँसी हँसते दिखाई पड़े। बोले, 'सोच रहा था, जवाहिरी कहाँ छुपा होगा?'

'अरे कासिम भाई, आप अब भूल जाइए, जहाँ छुपा होगा, अमेरिका खोज निकालेगा।'

यही तो डर था कासिम भाई को। अमेरिका खोज निकालेगा। और वहीं खोज निकालेगा, जहाँ वह चाहेगा। यानी जामियानगर तक में। अमेरिका पर कैसे यकीन करें कासिम भाई। अमेरिका तो हमेशा से एक दगाबाज़ मुल्क रहा है। जिस पीठ पर हाथ रखता है, उसी पर खंजर मारता है।

'लेकिन कासिम भाई, आप क्यों डरे हुए हैं?' सुनीता ने कुछ हैरानी से पूछा, 'अमेरिका जो करेगा सो करेगा। हिंदुस्तान जो भरेगा सो भरेगा। जो होगा, सबके साथ होगा, आप छोड़िए और चलिए खाना खाने। खाने के बाद गुलाब जामुन भी है।'

वाकई कासिम भाई को लगने लगा, सुनीता इतनी बेफ़िक्र है तो उन्हें किस बात की फ़िक्र है। वे क्यों इस कदर डरे हुए हैं?

वे उठे, टहलते हुए बाहर निकले, अरसे बाद एक सिगरेट पी और कोशिश की कि उसके धुएँ के साथ अपनी फ़िक्र भी निकाल दें।

लेकिन धुआँ अटका रह गया, वे खाँस रहे थे। कमबख़्त सिगरेट पीने की आदत नहीं थी। कुछ भी पीने की आदत नहीं थी। शरीफ़ और दीन वाले मुसलमान थे जो अब कहीं नहीं मिलते। या ज़्यादा होने लगे हैं?

जब लौटकर वे न्यूज़ रूम में आए तो हर तरफ़ दिखीं ब्रेकिंग न्यूज़ की पट्टियाँ—क्या भारत भी कार्रवाई करेगा? कासिम भाई पहली बार कुछ समझ नहीं पाए। अब भारत क्या करेगा। थोड़ी देर में ख़बर समझ में आई। जब अमेरिका ओसामा को मारने के लिए ऐबटाबाद में घुस सकता है तो भारत दाऊद को मारने के लिए कराची में क्यों नहीं घुस सकता है। सारे ऐंकर पूछ रहे थे, सारे नेता जवाब दे रहे थे—बीजेपी कुछ जोर-शोर से याद दिला रही थी, भारत को भी अपने आतंकवादी चाहिए। भारत को अपनी तरफ़ से कार्रवाई का हक है।

'हक है तो कर ले कमबख़्त।' कासिम भाई ने मुँह बिचकाते हुए कहा, 'ये ताक़त का खेल है, जिसके पास ताक़त होगी, वह अपनी चलाएगा। अमेरिका के पास ताक़त है, उसने मनमानी कर ली। भारत क्या खाकर करेगा?'

'देखिए, बोलने लगे कासिम भाई दिल की बात। ओसामा के मारे जाने की तकलीफ़ है मन में कहीं।'

कासिम भाई सकते में आ गए। या ख़ुदा ये क्या निकल गया जुबान से। जिसने उन पर ताना कसा था, बिल्कुल दोस्ताना लहजे में कसा था। उसके दिल में कासिम भाई को लेकर कहीं कोई शिकवा या अलगाव का एहसास नहीं था।

लेकिन यह समझते हुए भी कासिम भाई देख पा रहे थे कि बहुत सारे लोग वाकई इसी तरह सोचते हैं। आख़िर दिल्ली या मुंबई में रेड अलर्ट की ज़रूरत क्यों पड़ गई? किसके उत्तेजित होने का ख़तरा है?'

न पूछने की ज़रूरत थी न बताने की। टीवी चैनलों पर हर तरफ़ दिख रहा था इसका जवाब। लेकिन दबा-छुपा-सा। ओसामा के मरने की खुशी में जैसे सब मिठाई बाँटने पर आमादा थे। दो और खुशियाँ इसमें शामिल थीं। एक तो यही कि पाकिस्तान की पोल खुल गई—उसकी ताक़त की भी और उसके इरादे की भी। दूसरी यह कि साले मुसलमान भी एक्सपोज हो गए। आख़िर इन्हीं लोगों ने तो छुपा रखा था ओसामा को।

रात के 12 बजे थे और चैनलों की गहमागहमी ख़त्म नहीं हो रही थी। कासिम भाई सिर खुजाते हुए सुनीता से बोले, 'मुझे बटला हाउस कांड याद आ रहा है।'

सुनीता कुछ हैरान दिखी। कहा, 'क्या तब भी यही मारामारी थी?'

'अरे, मारामारी तो इससे भी ज़्यादा थी। इससे ज़्यादा मारामारी के मौक़े तो पहले भी खूब आए हैं।'

'फिर आपको बटला हाउस ही क्यों याद आ रहा है?'

'हाँ, बात तो सही है, क्यों याद आ रहा है?' फीकी-सी हँसी हसते हुए बोले कासिम भाई।

लेकिन तभी उनकी हँसी पर ब्रेक लग गया।

अचानक उन्हें याद आ गया, वह कौन-सी चीज़ है जिसकी वजह से बटला हाउस की उन्हें याद आ रही है।

और वह कौन-सी चीज़ है जिसकी वजह से वे सुबह से परेशान हैं।

वे निगाहें, जो उन्हें देख रही हैं।

ये चोर निगाहें थीं—जब बटला हाउस कांड हुआ था, तब भी उनकी ओर कुछ संदेह से देखती थीं। जैसे कासिम भाई आतंकवादियों के मारे जाने के उनके जश्न में ठीक से शामिल नहीं हो रहे हैं।

कासिम भाई को तब यह भाँपते देर नहीं लगी थी। लेकिन तब वे वाकई भीतर से आहत थे। सब जिसे आतंकवादियों के साथ मुठभेड़ बता रहे थे, उसे वे ज्यों का त्यों कबूल करने को तैयार नहीं थे। आख़िर वह मंज़र उन्होंने देखा था। उनमें से कुछ लड़कों को उन्होंने देखा था। वे सब आतंकी नहीं हो सकते।

उन्हें याद आया कि चैनल की एक मुस्लिम ऐंकर ने ये बात कुछ तल्ख़ लहजे में ऑन एयर कह भी दी थी। अगले कई महीने तक सब याद करते रहे और छुपाते-छुपाते भी बताते रहे कि देखो, वह कितनी कट्टर लड़की है। कुछ अरसे बाद जब छँटनी का दौर चला, तो उसे भी साथ-साथ छाँट दिया गया।

कासिम भाई न कटना चाहते थे न छँटना चाहते थे। इसलिए वे भी सबके साथ हाँ में हाँ मिलाते रहे कि जामियानगर में जो हुआ सो ठीक हुआ।

लेकिन यह तो ओसामा बिन लादेन का मामला है? इससे तो हिंदुस्तानियों का कोई सीधा वास्ता भी नहीं है? उसकी मौत पर उनके भीतर कोई अफ़सोस भी नहीं उमड़ा है।

लेकिन फिर भी उन्हें चोर निगाहों से देखा जा रहा है। मानो, समझने की कोशिश हो रही हो कि ये मुसलमान क्या सोचता है। क्या ये असली हिंदुस्तानी या अमनपसंद है? या इसका असली चोला कुछ और है?

उन्होंने अपने चारों तरफ़ सिर उठाकर देखा। असली हिंदुस्तानी लोग टीवी चैनलों पर दिख रहे थे।

कमबख़्त हिसाब लगाते हुए कि भारत वैसी सर्जिकल स्ट्राइक कर सकता है या नहीं, जैसी अमेरिका ने की।

अफ़सोस करते हुए कि फौज़ ऐसे हमले के लिए तैयार भी हो तो भारत के पास राजनीतिक हौसला नहीं है।

इसरार करते हुए कि भारत को पाकिस्तान पर दबाव बढ़ा देना चाहिए और किसी हद तक जाने को तैयार रहना चाहिए।

न्यूज़ रूम में चारों तरफ़ सिर घुमाकर देखा कासिम भाई ने। हर तरफ़ ऐसी ही आवाज़ें थीं। पूरे हॉल में दीवारों पर चारों तरफ़ लगे टीवी सेट्स पर जंग के ऐलान हो रहे थे। फिर अचानक उनका सिर अपने आप घूमने लगा। उन्हें महसूस हुआ कि तमाम चैनलों से निकलकर नेता और जानकार उन पर झपट पड़े हैं।

और वे कासिम भाई नहीं रह गए हैं, पाकिस्तान हो गए हैं, जिसे सबक सिखा दिया जाना है।

इसके बाद कासिम भाई को कुछ याद नहीं रहा। वे ज़मीन पर गिरे पड़े थे।

और उनके दोस्त उन्हें उठाने की कोशिश में लगे रहे।

कोशिश अब भी जारी है। इस बीच जवाहिरी अलक़ायदा का नया नेता बन गया है और अमेरिका कसम खा रहा है कि जवाहिरी जहाँ कहीं होगा, उसे भी उसी तरह मारा जाएगा।

टीवी चैनलों पर ब्रेकिंग न्यूज़ की नई पट्टी चल रही है और सब कासिम भाई को उठाने में लगे हैं, 'कासिम भाई, कहाँ खोए हैं, फोन क्यों नहीं उठा रहे? आप उठते क्यों नहीं?'

थप्पड़

अब भी वह ठीक से आँख नहीं खोल पा रहा है।
पुलिस वाले का हाथ आधा गाल पर और आधा आँख पर पड़ा था।
ख़ून निकल आया और ज़ुबान जैसे जम गई।
वह डर के मारे पूछ तक नहीं सका कि उसे क्यों मारा।
चोट सिर्फ़ पहले थप्पड़ की वह महसूस कर पाया।
बाक़ी सिर्फ़ आवाज़ सुनता रहा
अपने गाल पर, किसी और के हाथ की।
गाल सुन्न था या पूरा दिमाग़—यह सोचने की हालत नहीं थी।
एक घंटे बाद जब वह निकला तो माँ याद आई।
और
माँ की याद आते ही फूट पड़ी वह रुलाई
जो अब तक न जाने कहाँ गुम थी।
वह चोट की वजह से नहीं रोया।
जब ओठ दर्द से टभक रहे थे, तब भी नहीं रोया।
लेकिन माँ की याद आते ही रोने लगा।
माँ इस हाल में देखेगी
तो जितनी तकलीफ़ हुई, उससे कहीं ज़्यादा तकलीफ़ महसूस करेगी।
रोती रहेगी रात-भर।
और फिर गालियाँ देती हुई याद करेगी उस पिता को
जो अभी जेल में है।
पिता की याद आते वह फिर सहम गया।
अपनी कटी हुई भौंहों और ख़ून रिसते होंठों की याद कहीं और चली गई।

ख़याल आया कि पिता को वे लोग किस तरह मार रहे होंगे।
अचानक फिर उमड़ आई रुलाई।
जेल के बाहर एक खंबे के नीचे खड़ा वह देर तक रोता रहा।

फिर से उसे माँ का ख़याल आया।
वह परेशान हो रही होगी।
उसने अपनी गंदी कमीज़ से ही अपने आँसू पोंछे
और पोंछते हुए चिहुँक गया।
ज़ख़्म पर कपड़ा पड़ा तो दर्द की एक लहर-सी उठी।
उसने अगल-बगल देखा।
कोई नल दिखे तो चेहरा धो ले। कम से कम ख़ून साफ़ हो जाएगा तो माँ कम परेशान होगी।
दूर-दूर तक उसे कुछ नहीं दिखा।
रोशनी नहीं थी और रात बहुत हो गई थी।
वक़्त क्या हुआ होगा, इसका ठीक-ठीक अंदाज़ा उसे नहीं था।
घर से चला था, तब भी अँधेरा था।
उसे फिर सारा वाकया याद आया और उसका मन खट्टा हो गया।
...

वह खेलकर लौटा था और माँ की डाँट का इंतज़ार कर रहा था।
जब भी उसे देर होती, माँ उसे डाँटती।
कहती, हैंडपंप पर हाथ-मुँह ठीक से धो ले और पढ़ने बैठ जाए।
लेकिन आज ऐसा कुछ नहीं हुआ।
माँ घर के भीतर नहीं बाहर खड़ी थी।
खड़ी नहीं थी, बैठी हुई थी और रो रही थी।
उसे उसने डाँटा नहीं, उल्टे और ज़ोर से रोने लगी।
वह बुरी तरह घबरा गया।
धीरे-धीरे सुबकियों और हिचकियों के बीच माँ ने बताया, पिता को पुलिस उठाकर ले गई है।
वह हतप्रभ था।
पिता तो चोरों को पकड़ते हैं।

यह उसे पिता ने ही बताया था।

फिर उन्हें क्यों ले गई पुलिस?

धीरे-धीरे माँ ने समझाया।

पिता एक सोसाइटी में दरबान हैं।

10 साल से दरबानी कर रहे हैं।

लेकिन एक चोरी हुई तो दरबान चोर करार दिया गया।

पुलिस उन्हें उठाकर ले गई।

'खाना भी नहीं खा पाए थे।' बोलते-बोलते फिर रोने लगी माँ।

उसका गला भी भर आया।

जी में पता नहीं, कैसा-कैसा लगने लगा।

'मैं खाना पहुँचा दूँ?'

उसने सहमते हुए पूछा।

माँ अचानक चुप और कातर हो गई।

अपने 15 साल के बेटे को वह थाने नहीं भेजना चाहती थी।

लेकिन पिता को भी भूखा नहीं रहने देना चाहती थी।

फिर मामला भूख-प्यास का नहीं, पिता के हालचाल का था, जो बेटा जाता तो मिल जाता।

'चल मैं भी चलती हूँ।' आख़िरकार माँ ने कहा।

वह बोल तो गई, लेकिन थानों में औरतों के साथ क्या कुछ हो जाता है, याद करके डर गई।

'नहीं, मैं चला जाऊँगा।'

वह बोल तो गया, लेकिन थाने की बात सोचकर डर गया।

लेकिन यह बड़ा होने की बारी थी।

अक्सर वह माँ से कहा करता, अब उसे ज़्यादा टोके नहीं, वह बड़ा हो गया है।

यह मौक़ा वाकई बड़ा बनने का था।

उसे ख़याल आया, माँ को भी सँभालना होगा, पिता को भी देखना होगा।

उसने फ़ौरन कहा, ठीक है, उसे रोटियाँ बाँधकर दे दे।

माँ ने गरम-गरम रोटियाँ बनाईं। एक रुमाल में बाँधा।

देर तक खोजती रही, सब्ज़ी किस कटोरी में दे। पता नहीं कटोरी वापस आएगी या नहीं।

फिर न जाने कहाँ से एक पुराना टिफिन डब्बा खोजकर निकाला।

बेटा चमत्कृत हुआ। माँ क्या-क्या बचाकर रखती है।

टिफिन डब्बा लेकर चलने को था कि माँ ने फिर रोका, 'बेटा, देख लेना वहाँ मसहरी है या नहीं।'

माँ को याद आ रहा था, पिता मच्छरों से परेशान रहते हैं, मसहरी के बिना सो नहीं पाते।

बेटे ने आश्वस्त किया। उसे नहीं मालूम था कि वह क्या-क्या करेगा, लेकिन यह ख़याल था कि फिलहाल तो माँ को दिलासा दे ही दे।

जब वह घर से चला तो माँ दरवाज़े पर खड़ी उसे देख रही थी।

कुछ तृप्त आँखों से।

वह तुरंत समझ गया, यह उसके बड़े हो जाने की तृप्ति है।

माँ की आँखों में अपने बेटे के बड़े होने का दर्प तैर रहा था।

...

माँ के इसी दर्प की उँगली थामे-थामे वह थाने तक पहुँच गया था।

वहाँ पहुँचकर पाँव कुछ लड़खड़ाने-से लगे थे।

जीभ सूखने भी लगी थी।

लेकिन लौटना संभव नहीं था।

अहाते में दाखिल होते ही एक गाली सुनाई पड़ी।

उसने सहमकर देखा, एक सिपाही ने उसे पुकारा था।

'कहाँ जा रहा है? किससे मिलना है?'

यह पूछना कम, धमकाना ज़्यादा था—बताना कि साले यह थाना है, यहाँ ऐरे-गैरे नहीं घुस सकते।

और घुस जाते हैं तो उनका क्या होता है, यह थोड़ी देर में उसे पता चल गया।

जैसे ही उसने बताया कि वह रामचरन जी का बेटा है, उसकी शामत आ गई।

उसे घेरकर खड़े तीन सिपाही पहले हो-हो करके हँसने लगे। 'साला बाप के नाम के साथ जी लगाता है। और बाप है कि दरबानी करने के नाम पर चोरी करता है।'

'वे चोर नहीं हैं...' कहते-कहते एक थप्पड़ वह अपने गाल पर खा चुका था।

इसके बाद कितने हाथ थे, कितने थप्पड़ थे, उसे पता भी नहीं चला।

अपनी लगभग बदहवास दहशत और घुटी हुई रुलाई के बीच उसे हो हो हँसती हुई आवाज़ सुनाई पड़ी, 'छोड़ दो साले को। हमें समझा रहा है, कौन चोर है कौन नहीं।'

वह किसी तरह लड़खड़ाता-सा खड़ा रहा।

माँ का खोजकर निकाला हुआ टिफिन डब्बा दूर गिरा पड़ा था।

रुमाल में तहाकर रखी गई रोटियाँ एक तरफ़ छिटकी हुई थीं।

उसकी हिम्मत नहीं हुई कि वह इसकी शिकायत कर सके।

वह इतना-भर भी नहीं कह सका कि अपने भूखे बाप के लिए वो रोटियाँ लाया था।

पता नहीं, वे खाने की हालत में भी हैं या नहीं।

...

घर पहुँचा तो फिर माँ दरवाज़े पर मिली—अपना बेचैन सवाल लिये—'पिता को देखा, कैसे हैं, खाना खाया?'

बोलते-बोलते माँ ने अँधेरे में भी देख लिया उसका लिथड़ा हुआ चेहरा और चीख पड़ी।

अब कुछ पूछने और बताने की ज़रूरत नहीं थी।

हाथ पकड़कर उसे बिल्कुल चिपका लिया, जैसे बचपन में करती थी।

उसकी रुलाई से वह दहल गया।

जैसे धौंकनी निकलकर बाहर आ जाएगी।

धीरे धीरे उसने बताया, पिता से मिलने ही नहीं दिया, मारने लगे, रोटी भी गिर गई, टिफिन का डब्बा छूट गया।

लेकिन यह अफसोस करने का समय नहीं था।

बदहवास माँ हरकत में आ गई थी—'चल सोसाइटी चलते हैं।'

'मतलब?'

'सोसाइटी वालों से बोलते हैं, वे तो उनको 10 साल से जानते थे।'

'अभी?' अचानक वह कातर हो गया। थाने में हुए सलूक के बाद वह कहीं जाने लायक नहीं था।

चेहरे पर ज़ख़्म के निशान और उसकी टीस थी तो दिल में अजीब तरह का ख़ौफ़।

पता नहीं सोसाइटी वालों ने भी अगर उसे मारा-पीटा तो?

उसकी हिचक से माँ भी सुस्त पड़ गई।

या बेटे के चेहरे पर लिखी आशंका उसने पढ़ ली।
फ़ौरन ख़याल आया, बेटे को भी पुलिस पकड़कर ले गई तो?
सोचते उसे रुलाई-सी आ गई।
आज की भारी रात वह अकेले नहीं काट सकती।
'सो जाते हैं आज। सुबह उठकर चलेंगे।'
माँ के थके हुए मशविरे पर वह चुप रहा।
अपनी छोटी-सी कोठरी के अँधेरे में दोनों जागते रहे।
कोई पहली बार दोनों अकेले नहीं सो रहे थे।
पिता तो अक्सर रात को दरबानी के लिए जाते थे।
लेकिन यह पहली बार था जब पिता जेल में थे।

...

पता नहीं, नींद कब आई, कब टूटी, लेकिन सुबह-सुबह दोनों सोसाइटी के सेक्रेटरी के घर पर थे।

सेक्रेटरी साहब शरीफ़ थे।

उन्हें भी अफ़सोस था कि रामचरन जी जैसे जाने-पहचाने दरबान को पुलिस उठाकर ले गई है।

उन्हें उम्मीद थी कि थोड़ी-बहुत पूछताछ करके पुलिस वाले छोड़ देंगे।

उन्होंने क़ानून भी बताया कि पुलिस 24 घंटे से ज़्यादा किसी को पकड़कर नहीं रख सकती।

क़ानून न उसे समझ में आया न माँ को।
दोनों के पास घर लौटने के अलावा कोई चारा नहीं था,
सो लौट गए।
लेकिन माँ घर नहीं लौटी। कहा, 'चल फिर चलते हैं थाने।'
'नहीं...' बोलते-बोलते वह चुप रह गया।
बेटे का डरा हुआ चेहरा देख माँ भी सहम गई।
लेकिन वह माँ थी—बेटे से बड़ी।
बेटे का भी हाथ थामना था हिम्मत का भी।
कहा कि किसी को साथ लिये चलते हैं।
'कौन जाएगा?' बेटे का लाचार-सा सवाल था।

'वकील साहब के यहाँ चलते हैं।' माँ का उम्मीद-भरा जवाब था।

वकील साहब के घर माँ ने कुछ दिन काम किया था।

उनकी पत्नी बहुत अच्छी थीं। ये माँ ने ही बेटे को बताया था।

...

वाकई वे अच्छी निकलीं। उसकी माँ सुनीता को देखकर कुछ हैरान हुईं।

फिर पूरा वाकया जानकर नाराज़—पुलिस ऐसा कैसे कर सकती है? और ये सोसाइटी वाले क्या कर रहे हैं?

'अरे, रामचरन जी शरीफ़ आदमी हैं, उन्हें कोई कैसे हाथ लगाएगा? अभी बात करती हूँ इनसे।'

उसके पिटे हुए चेहरे पर अचानक एक उमड़ता हुआ गर्व जागा—दूसरे भी जानते हैं, पिता चोर नहीं हैं।

हालाँकि वकील साहब अपनी पत्नी की तरह जोश में नहीं थे। उन्हें पूरा वाकया मालूम था।

'95,000 कैश की चोरी का मामला है, उसे कल ही सैलरी मिली थी।' वे अपनी पत्नी को बता रहे थे। 'चौकीदार से तो पूछताछ होगी ही।'

लेकिन पत्नी सुनने को तैयार नहीं थीं। 'कोई नौकरीपेशा आदमी 95000 रुपये कैश घर में छोड़कर बाहर चला जाता है? और नौकरी मैं भी करती हूँ। मुझे तो 24,000 का चेक मिलता है। ये कौन-सी नौकरी है जिसमें 95000 रुपये की सैलरी कैश में दी जाती है? असली चोर कौन है, ये तो बताइए।'

वकील साहब चुप हो गए। सिर्फ़ इसलिए नहीं कि पत्नी का तर्क था। इसलिए भी कि तर्क एक हद तक सही था।

'देखता हूँ मैं।' उन्होंने घर आए माँ-बेटे से कहा।

माँ-बेटे के चेहरे पर एक उम्मीद की लहर दौड़ी।

वकील साहब फोन मिला रहे थे।

ये बाद में समझ में आया कि पुलिस को नहीं, सुदर्शन जी को, जिनके घर चोरी हुई है।

'हाँ, हाँ, सुदर्शन जी, हाँ-हाँ, लेकिन देख लीजिए, ग़रीब आदमी है, उसकी बीवी आई हुई है।..बेटे को लेकर...अं? अच्छा, अच्छा, आइए।'

फोन काटकर वकील साहब ने पत्नी को देखा, कुछ उलझी हुई नज़र से, 'सुदर्शन जी आ रहे हैं।'

बोलते-बोलते आवाज़ में झुँझलाहट सी चली आई, जैसे पत्नी ने एक बेमतलब के मामले में उलझाकर उनका इतवार बरबाद कर दिया हो।

घर की घंटी बजी थी जिसे पत्नी ने खोला था।

पहले बहुत मीठी और शालीन आवाज़ सुनाई पड़ी, 'नमस्ते-नमस्ते भाभीजी, क्या हाल है, अरे भाई साहब का फोन चला गया तो मैं सीधे आ गया।'

सुदर्शन जी सोफे पर बैठ चुके थे। माँ-बेटे अब तक खड़े थे।

वकील साहब कुछ बोलने की कोशिश कर रहे थे कि सुदर्शन जी की आवाज़ बदल गई। वे माँ-बेटों से मुख़ातिब थे।

'तो तुम लोग हो, बाप चोरी करवाता है और तुम लोग मुँह बनाकर चले आते हो।'

बेटे का गला सूख गया और माँ ने कुछ बोलने की कोशिश की।

लेकिन अभी सुदर्शन जी के बोलने की ही घड़ी थी, 'कैसे कोई बिना रामचरन के जाने सोसाइटी में घुस सकता है? और तीन घंटे चोरी चलती रही, उसे पता तक नहीं चला? दो दिन पुलिस पिटाई करेगी, सब बता देगा।'

पिता की पिटाई की कल्पना से ही बेटा थरथरा गया। माँ रुआँसी हो गई।

वकील साहब की पत्नी भी सुदर्शनजी के तेवर देखकर सहमी हुई थीं, कमज़ोर आवाज़ में उन्होंने प्रतिरोध की कोशिश की, 'लेकिन भाई साहब, घर में इतना कैश काहे को रखा था। तब भी जब, बाहर जा रहे थे।'

अब सुदर्शन जी का लहजा फिर बदल गया था। 'अरे भाभीजी, यही तो ग़लती हो गई। इन लोगों पर भरोसा कर लिया। सोसाइटी में रहने का कुछ तो फ़ायदा होना चाहिए। आख़िर इन दरबानों पर कितना खर्च करते हैं।'

वकील साहब इस दौरान पूरी तरह चुप रहे।

वे समझ गए थे कि मुकदमा लड़ा नहीं जा रहा, जीता जा चुका है।

सुदर्शनजी के लिए मामला असली चोर पकड़ने का नहीं, किसी को भी सज़ा देने का है।

सुदर्शनजी उठ खड़े हुए थे, 'अरे भाई साहब, इन लोगों के चक्कर में मत पड़िए। पता नहीं, कहाँ से आते हैं, कहाँ रहते हैं, क्या-क्या चुराते हैं, मैं तो देखते रहिए, इनके घर भेजता हूँ पुलिस को, वहीं पता चलेगी इनकी असलियत।'

वे तीर की तरह आए और तीर की तरह निकल गए।

पीछे रह गई तीर से तार-तार हुई, लेकिन बहुत भारी हवा—झुँझलाए हुए वकील साहब, परेशान-सी उनकी पत्नी और डरे हुए माँ-बेटे।

सुदर्शनजी के जाते ही वकील साहब फट पड़े, 'हर मामले में टाँग अड़ाने की आदत हो गई है तुम्हें। पुलिस बस पूछताछ के लिए ले गई है न। करके छोड़ देगी। इतना परेशान होने की बात क्या है?'

वकील साहब की पत्नी सुदर्शनजी के झटके से उबरने के बाद हिम्मत जुटा रही थीं, 'कैसा बदतमीज़ आदमी है, ख़ुद चोर है, इसलिए सबको चोर समझता है', लेकिन यह बात भी वे बुदबुदाते अंदाज़ में ही कह पाईं। उनकी हिम्मत नहीं रह गई थी कि अपने वकील पति को दखल देने को कहें।

'देखो शायद शाम तक छोड़ दें, आख़िर चोरी हुई है तो थोड़ी पूछताछ होगी ही, और ज़िम्मेदारी तो उनकी थी ही।'

सहमे हुए माँ-बेटों के पास यह सोचने का समय नहीं था।

बेटे को अब दूसरा डर सताने लगा था। अगर वाकई सुदर्शनजी ने घर पर पुलिस भेज दी तो? वो तो सबकुछ उठाकर ले जाएँगे?

और माँ उसके आगे की भी सोच रही थी। अगर बेटे को भी उठा ले गए तो...।

...

दोनों अब वकील साहब के घर के बाहर खड़े थे। खड़े नहीं थे, चल रहे थे।

चलते चलते कब अपना एक कमरे वाला घर आ गया, पता भी नहीं चला।

लेकिन यहाँ कुछ और पता चलना था।

माँ-बेटे घर पहुँचे तो पास-पड़ोसी जुटे हुए थे।

सबको ख़बर हो गई थी, रामचरन जी जेल में हैं।

इतने सारे लोगों को देखकर माँ-बेटे के सब्र का बाँध फिर से टूट पड़ा।

या बीती रात से जो रुलाई भिंची पड़ी थी वह फूटकर बाहर आ गई।

बीवी सबको बताने की कोशिश में थी, वे चोर नहीं हैं, चोर तो हो ही नहीं सकते।

इज़्ज़त की ख़ातिर गाँव छोड़ा था। पैसे के लिए भाई से लड़ने को तैयार नहीं हुए। यहाँ आकर चोरी करेंगे? इज़्ज़त के अलावा क्या है हम लोगों के पास?

कुछ महिलाएँ दोनों को दिलासा देने में जुट गईं।

सबकी हमदर्दी इनके साथ थी।

लेकिन सबके पास अपने बुदबुदाते सवाल भी थे—आख़िर चोरी हुई है। तब रामचरन जी ही वहाँ थे, पुलिस सिर्फ़ इन्हीं को उठाकर क्यों ले गई?

न किसी ने पूछा था न किसी ने सफाई दी थी, लेकिन चौकीदार और चोर होने के बीच का जो बहुत बड़ा फ़ासला था, वह जैसे एक झटके में मिटाया जा चुका था।

जो पति दूसरों की सुरक्षा का ज़िम्मेदार था, वह जेल में था और अब घर असुरक्षित था।

क्योंकि भीड़ छँटी तो मकान मालिक चला आया—कुछ ख़ुद भी डरा हुआ और कुछ उन्हें डराता हुआ।

जो कुछ उसने कहा, उसका बस इतना ही मतलब था कि देर-सबेर वे लोग घर छोड़ दें।

उसे डर था कि वे रहेंगे तो पुलिस आती-जाती, सबको तंग करती रहेगी।

'बहुत बदनामी होती है इन सबसे', उसने मज़बूरी जताई थी हालाँकि बस इतनी-भर इंसानियत दिखाई कि कुछ मोहलत दे दी, 'आ जाने दीजिए रामचरन जी को, तब छोड़िएगा। हम जानते हैं, अच्छे आदमी हैं, लेकिन क्या करें।'

...

रामचरन जी आ गए थे। लेकिन उस शाम नहीं, पूरे दो दिन बाद। उनका सूजा हुआ चेहरा, उनके ठीक से न उठ रहे हाथ, उनके लड़खड़ा रहे पाँव बता रहे थे कि इन तीन दिनों में क्या बीता है।

उनको देखकर माँ-बेटे ने जितनी राहत महसूस की, उससे ज़्यादा दर्द महसूस किया। हालाँकि ये तीन दिन उनके भी लगभग जेल में ही कटे थे—बस जिस्म पर मार नहीं पड़ी थी, लेकिन मन जैसे तार-तार था। रामचरन जी सन्नाटे में थे। जिस बीवी से अधिकारपूर्वक बोलते थे, उससे कुछ बोल नहीं पा रहे थे।

जिस बेटे को पढ़ने के लिए घुड़कते थे, उससे आँख नहीं मिला पा रहे थे।

उस रात घर में खाना तो बना, लेकिन किसी से खाया नहीं गया। सब चुपचाप सो रहे—बस इतनी-सी राहत को अपने-अपने सीने में जकड़े हुए कि इस अँधेरे में वे तीनों साथ हैं।

...

रात बीती, सुबह हुई, पत्नी ने पूछा, 'सोसाइटी जाना है?'

रामचरन जी चुप रहे, फिर धीरे-से कहा, 'नहीं जाऊँगा।'

पत्नी को ये अंदेशा था।

इज़्ज़त के नाम पर पति ने गाँव छोड़ा था।

इज़्ज़त के लिए शहर आए थे।

दस साल एक ही सोसाइटी में बने रहे तो इसलिए कि सब इज़्ज़त करते हैं।

सरकारी स्कूल में पढ़ते बेटे को गरूर से बताते थे कि उनके बिना कोई सोसाइटी में घुस नहीं सकता।

एक बार बताया था कि एक मंत्री की कार गेट पर रोक दी। 'क्या करे, सोसाइटी का यही क़ायदा है। ऊ तो सेक्रेटरी जी बोले तो हम भीतर जाने दिए। वैसे सब लोग बोला भी कि एकदम ठीक किए।' बेटे की चमकती आँखों की चमक जैसे उनके भीतर चली आती।

हालाँकि जब कई-कई रातों को जागने और एक जगह बैठे रहने की एवज में महीने में 2400 रुपये मिलते तो रामचरन जी का सारा गरूर कड़वाहट में बदल जाता। सिर्फ़ इज़्ज़त की चाशनी ने उन्हें बचाए रखा था।

वह इज़्ज़त भी अब चली गई तो सोसाइटी कैसे जाएँगे।

लेकिन जाना तो होगा, नौकरी का सवाल है, इज़्ज़त वापस पाने का भी सवाल है।

भाग गए तो लोग सोचेंगे कि सच में चोरी करवाए होंगे।

माँ-बेटे के साथ ये सारी चर्चा करके सोसाइटी की तरफ़ चले रामचरन जी।

सूजे हुए चेहरे के साथ।

टीसते हुए बाजुओं के साथ।

कुछ लँगड़ाते हुए क़दमों के साथ।

सोसाइटी पहुँचे तो साथी दरबानों ने घेर लिया।

सबने बताया, सुदर्शन जी एक छड़ी लेकर आने-जाने वाले तमाम मजदूरों, कारीगरों, बढ़इयों को रोककर पूछताछ करते रहे थे—किसी को गाली दी, किसी को थप्पड़ लगाया, किसी को बेंत भी मारी।

'साला ग़रीब होने का मतलब ही चोर समझता है।' खैनी थूकते हुए एक ने कहा।

'सोसाइटी वाले कुछ नहीं बोले?'

'एकाध लोग बोले थे, लेकिन वो तो सबको जेल में डलवा देने की बात बोल रहे थे।'

रामचरन जी ने कहा कि वे सेक्रेटरी साहब से मिलकर आते हैं।

...

सेक्रेटरी साहब मिले। हालचाल पूछा।

पुलिस के रवैये पर अफ़सोस भी जताया, 'कोई कैसे किसी को 24 घंटे से ज़्यादा हिरासत में रख सकता है?'

यह भी कहा कि उन्हें यकीन है कि रामचरन जी का चोरी में कोई हाथ नहीं है।

रामचरन जी चुपचाप सुनते रहे। जितनी तकलीफ़ झेलकर आए थे, उसके बाद हर दिलासा एक मरहम लगता था।

'लेकिन रामचरन जी, ग़लती तो हुई है, आख़िर चोर सोसाइटी में आया है?' जैसे धीरे-धीरे मुद्दे पर आ रहे थे सेक्रेटरी साहब।

रामचरन जी का चेहरा फिर लटक गया। धीरे-से माना, 'साहब चोरी तो हुई है, चूक तो हुई है।'

'सोसाइटी में पहले भी शिकायत होती रही है आप लोगों की कि रात के बाद सो जाते हैं?'

रामचरन जी चुप रहे।

'फिर चोर घुसा भी तो उसको कैसे पता चला कि 108 लोगों की सोसाइटी में कौन-से फ्लैट का आदमी बाहर गया है? कोई तो होगा बताने वाला?'

रामचरनजी के पास फिर जवाब नहीं था।

'फिर इतनी बड़ी चोरी है, किसी न किसी को तो सज़ा भुगतनी ही होगी रामचरन जी।'

इस बार रामचरन जी ने सिर उठाया, 'मतलब सरजी?'

'मतलब यही कि ज़िम्मेदारी तो किसी न किसी की बनती है न? सबसे ज़्यादा तो आप लोगों की, जिन पर पहरे का ज़िम्मा है।'

अब रामचरन जी के भीतर पुराना गाँव वाला सिर उठाने लगा था। पुलिस से पिटे तो चोट जितनी भी आई, मन पर कम थी, क्योंकि उन्हें यकीन था कि सोसाइटी वाले उन्हें बेगुनाह मानेंगे। लेकिन यहाँ भी उन पर उँगली उठ रही है?

'तीन बात बोलेंगे सरजी, ध्यान से सुनिएगा तो।' रामचरन जी ने इंतज़ार किया कि सेक्रेटरी साहब कुछ कहें।

सेक्रेटरी साहब कोई बड़ी बात कहने की राह देख रहे थे। इसलिए रामचरन जी शुरू हो गए।

'पहली बात तो ये सर कि सोसाइटी के पीछे वाली दीवार में एक पूरी सीढ़ी लगी हुई है जिससे आप पीछे वाले दुकानदार से सामान ख़रीदते हो। दुकानदार ने अपनी तरफ़ से चढ़ने के लिए तो पक्का इंतज़ाम कर लिया है। हम लोग आपको रोज़ बोलते थे कि ई सुविधा किसी भी दिन भारी पड़ सकता है सर। आप लोग प्रस्ताव भी पास किए, लेकिन लागू नहीं किए, काहे कि सड़क पार करके सामान लेने जाना मेहनत का काम लगता था। जिस रात चोरी हुआ, गेट पर हम लोग थे, कोई गेट खोलकर या फलाँगकर नहीं आया है। चोर उसी सीढ़ी से आया है।

दूसरी बात। सोसाइटी में 90 परिवार रहता है। उन लोग को जादे मालूम रहता है, कौन है, कौन नहीं। कौन आ रहा है, कौन जा रहा है। इनमें से कोई चोर का साथी काहे नहीं हो सकता है? इसलिए कि आप मानके चलते हैं कि जो ग़रीब है वही चोर होगा?

और अंतिम बात सर जी। आपको पता है? 10 साल इसी सोसाइटी में दरबानी किए। 1800 मिलता था जो 2400 हो गया। प्लेसमेंट एजेंसी को आप कितना देते हैं, पता नहीं। लेकिन एक टाँग पर खड़ा रहके, सोसाइटी का सब दुख-सुख में साथ दिए, रात-रात-भर जगके पहरा देते रहे, सब बाल-बच्चा का ख़याल रखते रहे कि कौन स्कूल से कब आ रहा है, कब जा रहा है, और ई सब भूलके आपको हमको चोर बनाने में एक दिन नहीं लगा?'

ये हिमाकत थी। छोटी हैसियत वाले एक आदमी की हिमाकत। सेक्रेटरी साहब जैसे शरीफ आदमी भी इसे सह नहीं सकते थे।

उन्होंने आख़िरकार वह बम फोड़ ही दिया जो उनके हाथ या जेहन में था।

'देखिए रामचरन जी, अब इतना डायलॉगबाज़ी का मतलब नहीं है। आपकी कंपनी ने आपको निकाल दिया है। रात से नया गार्ड आ रहा है।'

रामचरन जी सबकुछ सुनने को तैयार थे—नौकरी छोड़ने को भी—लेकिन नौकरी से निकाले जाने की बात उन्होंने सोची तक नहीं थी।

कंपनी तो बोलती थी कि सिक्युरिटी में हर समय वो पीछे खड़ी रहेगी, ज़रूरत पड़े तो मुकदमा भी लड़ेगी, यहाँ तो इस उम्र में उन्हें बिना कुछ बताए निकाल दिया गया।

अब न कुछ कहने की हिम्मत बची थी न कुछ सुनने की।

...

घर लौटे तो पत्नी हैरान हुई—'अरे अभी आ गए?'

बिना कुछ बोले कमरे की इकलौती कुर्सी पर ढह गए रामचरन जी।

पत्नी की हिम्मत नहीं हुई कुछ पूछने की।

या शायद ज़रूरत नहीं पड़ी कुछ पूछने की।

थोड़ी देर बाद ख़ुद बताया रामचरन जी ने, उन्हें निकाल दिया गया है।

स्तब्धता या कातरता जो भी रही हो, देर तक टिकी नहीं रह सकी।

क्योंकि एक और झटका उनकी राह देख रहा था

जो कमरे में उनके बेटे की शक्ल में दाखिल हुआ।

दो दिन पहले पुलिस के थप्पड़ों से सूजे हुए चेहरे पर ख़ून की लकीरें थीं।

ये कटे हुए होंठ थे जिनसे रिस रहा था यह लाल रंग।

15 साल का बड़ा हो गया बेटा अचानक बहुत छोटा लग रहा था।

वह फूट-फूटकर रो रहा था।

उसे देख माँ एक बार चीख पड़ी।

पिता भी नौकरी छूटने की तकलीफ़ भूलकर खड़े हो गए थे—'किसने मारा, बताओ किसने मारा।'

लेकिन रुलाई मार पड़ने की वजह से नहीं थी।

इस बात से थी कि पिता को चोर समझा जा रहा है।

बच्चों की कानाफूसी उस तक चली आई थी

और उनसे झगड़ा हो गया।

'अब नहीं जाऊँगा कभी खेलने।' वह एक बेबस कसम खा रहा था।

जिस बच्चे को घर पर रहना गवारा नहीं था, वह अब निकलने को तैयार नहीं था।

रामचरन जी का भी मन हुआ, रो पड़े।

लेकिन रोते तो क्या इज़्ज़त रह जाती।

बस, बेटे की पीठ सहलाते रहे।

हालाँकि रुलाई उनके भीतर भी उबल रही थी।

उन्हें भी लग रहा था कोई उनकी पीठ सहलाए।

ग़रीबी इतना कातर कर देती है, काश उन्हें कोई पहले बताता।

वे समझ नहीं पा रहे कि उनकी कहानी अब आगे कैसे बढ़ेगी।

बस इतना मालूम है कि जहाँ भी नौकरी के लिए जाएँगे चोर होने की तोहमत और जेल जाने का रेकार्ड उनका पीछा करते रहेंगे।

दस साल तक दूसरों की पहरेदारी करने वाले रामचरन जी क्या अब ख़ुद को बचा पाएँगे?

या बेइज़्ज़ती के ऐसे ही थप्पड़ खाते कटेगी उम्र?

काश कि ऐसे सवालों का कोई जवाब उनके पास होता।

बाएँ हाथ का खेल

सिपाही शिवपाल यादव के लिए हर काम बाएँ हाथ का खेल है। बाएँ हाथ से ही वे रिश्वत लेते हैं, बाएँ हाथ से ही किसी बदमाश का कॉलर पकड़ते हैं और बाएँ हाथ से हाज़िरी भी लिखते हैं। थाने में बैठे रहते हैं तो बाएँ हाथ से ही सिर खुजाते हैं। खाना ज़रूर दाहिने हाथ से खाते हैं और लाठी भी दाहिने हाथ से चलाते हैं।

सिपाही शिवपाल के लिए हर मामला क़ानून का है। दिल या दिमाग़ किनारे रखो, जो क़ानून बोलता है, उसी के मुताबिक काम करो। अगर ऐसा कुछ करो जो क़ानून नहीं बोलता, तो उसे क़ानून के मुताबिक कर लो। जो गैरक़ानूनी है उसे क़ानूनी कैसे बनाया जाता है, ये बीस साल पुलिस की नौकरी करते सीख गए हैं शिवपाल यादव।

लेकिन शिवपाल यादव के सामने इन दिनों जैसी मुसीबत है, वैसी कभी नहीं रही। दिल्ली में झुग्गी-झोंपड़ी गिराने के काम की सिक्युरिटी इन्हें सौंप दी गई है। पता नहीं, झुग्गी गिरते-गिरते कब लहास गिर जाए। जो झुग्गी ससुरी रात को आसानी से जलाकर खाक कर दी जाती है, उसे पुलिस और शासन की मदद से काहे को गिराया जाए, ये बात शिवपाल यादव की मोटी खोपड़ी में समझ में नहीं आ रही।

ऐसा नहीं है कि शिवपाल यादव सिर्फ़ वही काम करते हैं जो उनकी मोटी खोपड़ी में समझ में आए। वो क़ानून के पक्के आदमी हैं। क़ानून जहाँ बोले, वहाँ खड़े हो जाते हैं, लाठी भाँजने लगते हैं। इस हिसाब से काम आसान मिला है। कम-से-कम बड़ी-बड़ी दुकान गिराने से तो ज़्यादा आसान है। वहाँ तो सुंदर-सुंदर लुगाई लोग आँसू भर-भर कर टीवी पर बताने लगती हैं कि किस तरह मेहनत की कमाई चली गई, किस तरह जीवन-भर का सपना टूट गया—

और टीवी वाले सीधे दिखाने लगते हैं कि देखो, यही शिवपाल यादव हैं, इनके सामने गिर रही है बिल्डिंग...और हाथ में डंडा लिये खड़े हैं किनारे। फैशनेबुल औरतें हटने को तैयार नहीं हैं तो उन पर लाठी भी नहीं चला सकते, हाथ जोड़ के गुजारिश करना पड़ता है। बताना पड़ता है कि क़ानून का हुकुम है वरना हम तो शरीफ़ आदमी हैं, आपका बिल्डिंग गिरने नहीं देते। ऐसे ही हाथ जोड़े बीवी ने टीवी पर देख लिया तो बच्चों के सामने मज़ाक बनाया।

यहाँ यमुना किनारे ठीक है। यहाँ भी लोग आते हैं सामने, विरोध करते हैं, लेकिन यहाँ लाठी भी बरसाओ तो कोई देखने वाला नहीं। फिर घर में सामान के नाम पर माँगा-चाँगा टीवी, बर्तन, घड़ा है। टूट-फूट हो ही गया तो फिर माँग लाएँगे साले। ज़्यादा कुछ बदमाशी पर उतरें तो पकड़ के ले चलो थाने, सारा हिसाब बराबर।

लेकिन शिवपाल यादव की मुश्किल दूसरी है। काम जैसा भी हो, कमाई बिलकुल नहीं है। झुग्गी-झोंपड़ी से ऐसा कुछ मिलता भी नहीं जिसे घर ले जाएँ। नंग-धड़ंग इधर-उधर भागते बच्चे और कोसती-रोती औरतें, कहीं विरोध करते तो कहीं बेबसी में तमाशा देखते मर्द।

ऊपर से मई के महीने की धूप। साला मैदान में खड़े माथा गरम हो जाता है। सुप्रीम कोर्ट का औडर है कि अभी उजाड़ो झुग्गी-झोंपड़ी। दिल्ली से बाहर करो। कोर्ट को ई भी नई बुझाता है कि झुग्गी-झोंपड़ी उजाड़ देने से बड़ा-बड़ा बिल्डिंग का साज-सँवार कैसे होगा। कौन जाएगा मेम साहब लोग का बर्तन-बासन करने। कौन कपड़े प्रेस करेगा, कौन कार धोएगा इन बड़े लोगों की।

खैर, शिवपाल यादव के लिए ई सब सोचने वाली बात नहीं है। क़ानून का हुकुम, क़ानून का राज चलते रहना चाहिए। जो अदालत बोले सो कर दो। जो न बोले सो न करो। ऐसे भी सरकार देती कितना है जो यादव जी जान लड़ाएँ। हवलदारी में जो है सो इज्जत है और ऊपरी कमाई है। गली-मोहल्ला का बदमास लोग भी अदब से बात करता है। दुकानदार लोग कोई कमी रहने नहीं देता है। बस इतना ही चाहिए। बस यही देखकर थोड़ा अफसोस लगता है कि बच्चे डरते हैं और अब तो औरत लोग भी घबरा-घबरा के निकलती हैं। जैसे हम हवलदार नहीं बदमास हों।

खैर, चार दिन हो गया यमुना किनारे ई रासलीला देखते। एक झोंपड़ा इधर गिरता है, एक रोने का आवाज़ उधर सुनाई पड़ता है। मरद लोग साला बस्ती छोड़ के ग़ायब हैं, औरत लोग कभी सामान बचा रही हैं कभी बच्चा। बच्चा

लोग इधर से उधर भाग रहा है—कोई साला बुलडोजर के नीचे आ जाएगा तो ग़लती बुलडोजर चलाने वाले की। कोई नई पूछेगा कि भाई, अइसा घड़ी में बच्चा को मैदान में काहे को छोड़े थे। बच्चा लोग भी ऐसा जब्बर कि धूप में भागा-दौड़ी कर रहा है। पसीना पोंछते-पोंछते यहाँ रूमाल गल गया और ई सब को कोई फरक ही नई पड़ रहा है। लो, फिर सुरू हो गया तमासा। बर्तन का फेंका-फेंकी, औरत का रोना-धोना। शिवपाल यादव का माथा फिर गरम हो गया। ई घर थोड़ा पक्का लग रहा था। लगता है, दू-चार साल से गिरस्ती जमाया जा रहा है।

इसी के छाँव में आकर सुस्ता रहे थे। अब इधर आ गया बुलडोजर। अब भागा-भागी होगा। लोग पहले घर खाली काहे नहीं कर देते। आख़िरी बखत में चिल्ला-चिल्ली करते हैं।

ई का बहस हो रहा है? लगता है, बुलडोजर के आगे खड़ी हो गई है कोई मेहरारू। उसके गोद में बच्चा भी है? अब ई अलग नाटक है। गाँव-देहात से चले आओ, जमना जी के किनारे झोंपड़ी डाल के जम जाओ और राजधानी में गंदगी फैलाते रहो। बाहर से भी बड़ा-बड़ा लोग आता है तो बोलता है कि देश का राजधानी में इतना कूड़ा-कचड़ा। पुलिस हटाए तो लड़का को लेकर बुलडोजर के आगे खड़े हो जाओ। ग़लती तो बुलडोजर वाले का है। रोक काहे दिया है ससुरा। क़ानून का औडर है चलाते रहो। क़ानून बोलता है कि कोई सामने आ जाए तो रोक दो? जब बड़ा काम का जिम्मेदारी लिया है तो दू-चार लोग मरेगा ही। शिवपाल यादव के हाथ में ई बुलडोजर सब रहे तो ई सब लफड़ा ही न हो। आँख मूँद के चढ़ा दें सीधे। एक मरेगा, सब लोग सबक सीख जाएगा।

अरे, अब तो मामला झगड़ा तक भी पहुँच गया है? लगता है, उसका मरद भी चला आया है। अरे, धक्का दे रहा है अफ़सर लोग को? अब तो चलना ही पड़ेगा। मेहरारू लोग का मामला से दूर रहे शिवपाल यादव, लेकिन मरद को तो सबक सिखाना होगा। असल बदमासी तो यही लोग करता है।

'ई का है जी, दादागीरी काहे को कर रहो हो?'

'हवलदार साहब, दादागीरी तो हमरे साथ हो रहा है, देखिए न, दो साल लग के कमाए, उजाड़ रहा है सब।' समझ में नई आता है कि साला रो रहा है या बात बोल रहा है। शिवपाल यादव ऐसे पिघलने वाले नहीं। क़ानून के काम में सख्ती तो होगा ही।

'ई लोग कोई अपना मरजी से उजाड़ रहा है? पता है कि नई, क़ानून का औडर है? जब बड़ा-बड़ा लोग का बिल्डिंग गिर गया तो ई झुग्गी-झोंपड़ी बच जाएगा? यहाँ काम होने दो, रोकना है तो क्रोर्ट में जाकर रोको। ऐई, तुम कहाँ पड़ती है बीच में? बच्चा को गोद में लो, भागो इहाँ से। यहाँ हम लोग बात कर रहे हैं न?'

शिवपाल यादव फिर औरत की नौटंकी देखकर बौखला गए। 'अपने तो मरेंगे साले, बच्चा को भी मरवाएँगे।'

'बच्चा बीमार है सिपाही जी। धूप बरदास नई करेगा। बोल रहे हैं, साम को गिरा देना घर। रात कहीं काट लेंगे। लेकिन ई लोग बोल रहे हैं कि साम को ड्यूटी खतम हो जाएगा।' औरत का बोली सुनके कुछ सकपकाए शिवपाल यादव। झुग्गी को साला लोग घर बता रहा है। जैसे बँगला हो। और बच्चा लोग तो सब झेल लेता है। अभी ढील दिए तो मामला गड़बड़ हो जाएगा। उलटे हमारा कम्प्लेन ऊपर तक पहुँच जाएगा कि शिवपाल यादव से छोटा-सा मामला भी नई सँभला। इसलिए सख़्ती तो दिखाना होगा।

'चल, हटती है कि नई, बड़ा आया घर। बच्चा बीमार है तो बुलडोजर के नीचे डाल देगी? पता था न झुग्गी गिरेगा, फिर काहे बच्चा को ले के पड़ी हुई थी। ले जाओ डाक्टर के पास।'

मुँह बन्द हो गया है औरत का। शिवपाल यादव की सख़्ती रंग लाई है। अब कुछ और कड़क के बोलना होगा। 'चलो, हटो यहाँ से किनारे। साले चले आते हैं अड़ंगा डालने।'

और रुआँसी हो गई है। शिवपाल यादव अब एक पेड़ के पास खड़े हैं। वहीं आके ऊ एक ठो गंदा चद्दर बिछा रही है। बच्चा को सुला दिया है। शिवपाल यादव देखना नई चाहते हैं, लेकिन बच्चा पर नज़र पड़ ही जाती है। लाल है बच्चा का चेहरा। लेकिन न बोल रहा है न रो रहा है। कुछ धक्क रह जाता है शिवपाल यादव का कलेजा। न चाहते हुए भी छू लेते हैं बच्चा का माथा—एकदम गरम। भट्ठी जैसा तप रहा है। 'इसको जल्दी से डॉक्टर के पास ले जाओ।'

'दवाई है, जल्दी से ला रहे हैं।' रुआँसी औरत बच्चा को छोड़ फिर झोंपड़ी की तरफ़ दौड़ रही है। अब शिवपाल यादव को पसीना आ रहा है। यही सब समय उनके लिए सबसे मुश्किल होता है। अपना बच्चा याद आने लगता है। शिवपाल यादव बच्चा के पास बैठ गए हैं। वहीं एक टूटा हुआ पंखा दिख

रहा है। लगता है, माँ बच्चे के साथ लाई है। शिवपाल यादव पंखा उठा के बच्चा को झलने लगते हैं। बाएँ ही हाथ से। साला क़ोई टीवी वाला न देख ले। नई तो फिर बीवी मज़ाक बनाएगी। बोलेगी, बच्चा खेलाने का ड्यूटी लगा है। लेकिन का करें शिवपाल यादव। बच्चा को बचाएँ कि क़ानून को?

❑❑❑